오늘부터 나를 돌보기로 했습니다

무사히 나이 들기 위하여
오늘부터 나를 돌보기로 했습니다

초판 1쇄 펴냄 2021년 7월 9일

지은이 박현희

펴낸이 고영은 박미숙
편집이사 인영아 | 책임편집 김현정
디자인 이기희 유승희 | 마케팅 오상욱 선민영 | 경영지원 김은주

펴낸곳 뜨인돌출판(주) | 출판등록 1994.10.11.(제406-251002011000185호)
주소 10881 경기도 파주시 회동길 337-9
홈페이지 www.ddstone.com | 블로그 blog.naver.com/ddstone1994
페이스북 www.facebook.com/ddstone1994 | 인스타그램 @ddstone_books
대표전화 02-337-5252 | 팩스 031-947-5868

ⓒ 2021 박현희

ISBN 978-89-5807-831-9 03800

무사히 나이 들기 위하여

오늘부터 나를
돌보기로 했습니다

박현희 에세이

뜨인돌

목차

조금 긴
프롤로그

나는 이미 노화의 물레 바늘에 찔렸다

거울 저편의 여자는 익숙하면서도 낯설다. 나이 들고 지쳐 보이는 저 여자가 나라는 사실을 받아들이는 일이 쉽다면 거짓말이다. 거울을 볼 때 흠칫흠칫 놀라는 일이 늘어난다. 할 수만 있다면 집 안의 모든 거울을 치워버리고 싶다.

딸이 물레 바늘에 찔려 죽을 것이라는 예언을 듣고 성안의 모든 물레를 치웠지만 딸이 물레 바늘에 찔리는 것을 막을 수 없었던 〈잠자는 숲속의 공주〉의 아버지가 떠오른다. 딸은 기어코 성의 가장 구석진 곳에 숨겨져있던 단 하나의 물레를 찾아가 바늘에 찔리고 만다. 일어날 일은 어떻게든 일어나고 닥칠 일은 어떻게든 닥치게 되어있다. 젊어서 죽지 않는다면, 누구나 늙는다.

나는 인간이 50살쯤 되면 엄청나게 지혜로워지는 줄 알았다. 반백 년 아닌가. 반백 년을 살았다는 것은 그 시간 동안 크고 작은 풍파를 어떤 식으로든 헤쳐왔고, 살아남았다는 얘기 아닌가. 그러니 지혜로워지는 것이 당연하다고 생각했다. 그러나 훨씬 보편적이고 친숙한 스토리는 이런 것이다. 어리석은 20대가 어리석은 30대가 되고, 그다지 큰 변화 없이 40대가 되고, 기어코 덜컥 50대가 되어버린다는 것. 그저 반백 년을 살아남았다고 해서 현자가 될 수 있을 리 없다. 도처에 위험이 도사리는 사회에 살고 있으니 살아남았다는 것 자체가 대단한 일이기는 하지만.

그러니 '나의 50대는 배신감으로 시작되었다'고 쓸 수도 있을 것 같다. 몸은 젊었을 때와 같지 않은데, 왜 지혜는 젊었을 때와 별반 다르지 않단 말인가. 동전을 꿀꺽하고 시치미 떼는 자판기를 주먹으로 두드리듯, "내 젊음을 삼켰으면 지혜를 달란 말이다!"라고 외치며 주먹을 휘두르고 싶었다. 그러나 주먹을 휘두를 곳이 없다. 세월에 주먹질을 하겠는가, 필멸의 존재로 태어난 운명에 주먹질을 하겠는가. 그제야 공자가 말했다는 "50이면 지천명"이라는 말의 진짜 뜻을 깨닫는다. 50에 알게 되는 천명이란 '누구나 늙는다'는 것이다.

딸이 물레 바늘에 찔리는 것을 막으려고 노심초사했는데도 예정된 운명을 막지 못했던 아비를 기억해야 한다. 심지어 그는 왕이었다. 부유했고 무소불위의 권력도 있었다. 딸의 생일 잔치에 요정들을 부를 정도로 막강한 인맥까지 갖췄다. 그래도 딸은 물레 바늘에 찔렸다. 그가 할 수 있는 일이란 '바늘에 찔려 죽을 것'이라는 저주를 '바늘에 찔려 죽은 듯이 잠에 빠져들 것'이라는 정도로 약화시키는 것뿐이었다. 과연 코마 상태로 버텨야 하는 운명이 당장 죽을 운명보다 괜찮다고 할 수 있는지는 여기서 논외로 하자.

나는 이미 노화의 물레 바늘에 찔린 지 오래되었다. 내가 알아차리지 못했을 뿐이다. 50이 가까워지면서 물레 바늘이 서서히 내게 신호를 보내오기 시작했다. 동화 속 공주는 아름다운 모습 그대로 잠에 빠져들지만, 현실의 나는 공주가 아니라서 별로 아름답지 않은 일들이 연속해서 일어났다. 동화 속 공주는 죽음의 운명을 죽은 듯이 잠을 자는 운명으로 바꿔줄 능력 있는 아버지를 두었지만, 현실이 나에게는 그런 아버지가 없으니 이 난국을 버티는 건 오롯이 나의 몫이다.

더 이상 젊지 않다는 것은 여러 가지 의미가 있겠지만, '이러다 괜찮아지는 일'이 일어나지 않는 것도 포함된다. 괜찮아지지 않는다. 많이 아픈 날과 그냥저냥 괜찮은 날이 있을 뿐 완전히 괜찮아지는 날은 오지 않는다. 앞으로도 완전히 괜찮아지는 날은 오지 않을 것 같다. 아주 높은 확률로 그렇다. 지금까지 내 몸이 알아서 괜찮아지곤 했으니 그간 수고 많았다, 기특하다 다독거려주고 이제부터는 내가 의식적으로 노력을 기울여야 한다.

내가 언제 노화의 물레 바늘에 찔렸는지는 잘 모르겠다. 하지만 이제라도 내 몸과 마음이 보내는 신호를 잘 알아들으려고 한다. 아무도 내 말에 귀를 기울이지 않으니, 나라도 내 몸과 마음의 말에 귀를 기울여야 하지 않겠는가. 어떻게 해야 몸과 마음이 보내는 신호에 귀를 기울이고 나이 들어가는 나를 잘 돌볼 수 있을까? 여러 방법이 있겠지만, 내가 택한 방법은 '몸 쓰기'와 '글쓰기'였다.

이 책에는 나이 들어가는 한 사람이, 자기 몸이 보내는 신호를 듣지 못하고 전속력으로 달리던 한 사람이, 서러움과 피로가 차곡차곡 쌓여 몸과 마음이 무너지는 것도 알아차리지 못하고 살던 한 사람이, 삶의 속도와 방식을 바꾸기 위해 100일 동안 몸 쓰기에 대해 글을 쓴 이야기가 담길 것이다.

지나고 보니 100일은 그렇게 길지 않다. 반백 년을 살아온 한 사람이 완전히 다른 사람이 되기에는 턱없이 짧은 기간이며, 반백 년의 피로가 쌓인 몸이 회복되기에도 턱없이 짧은 기간이다. 그러니 당연하게도 이 책에는 내 몸이 근육질의 완전히 다른 몸이 되었다거나 내 글쓰기가 다른 차원으로 이동했다거나 내 인생이 혁명적으로 바뀌었다거나 하는 이야기는 없다. 나는 여전히 허리가 아프고, 등이 뻣뻣하고, 쉽게 피곤해지는 몸으로 살고 있다. 나는 여전히 글쓰기가 힘들다. 그러니까 이것은 성공에 대한 이야기가 아니다. 이것은 그냥 50대 여자 사람의 시작에 대한 이야기이다.

사실 나 같은 사람이 아주 많을 것이다. 당장 입원해야 할 만큼 심각한 문제는 아니지만 분명 문제가 생겼고, 지금까지 해 왔던 것처럼 방치하면 큰일이 생길 거라는 눈치를 챈 사람. 변화가 필요하다고 느끼지만 근본적이고 거창한 변화를 도모하기에는 여력이 없는 사람. 그런 사람들에게 나의 이야기가 도움이 될 거라고 생각했다.

사소한 일을 시작했고, 그걸 매일매일 실천했다. 그러자 아주 미미하게 변화가 일어났다. 이 사소한 것들이 결코 사소하지 않다는 믿음으로 이 글을 쓴다.

나 같은 사람의 이야기도 쓸모가 있을 거야

『마라톤 1년차』를 쓴 다카기 나오코는 평생 운동을 제대로 해본 적이 없었다. 그날도 다른 날과 마찬가지로 뒹굴 거리다 텔레비전에서 마라톤 실황 중계를 보게 되었다. 마라톤류의 운동을 특별히 해보고 싶은 적이 없었는데 "그래, 나도 달려보자!" 하는 생각이 불현듯 들어 실행에 옮긴다.

친구랑 뜻이 맞아 함께 달리기 용품을 구입하고 그 가게에 짐을 맡긴 뒤 곧바로 달리기 시작했는데, 40분 동안 5킬로미터를 달렸다. 다음 날 죽을 것 같은 근육통에 시달리지만 다시 도전하고, 매일 연습하면서 각종 마라톤 대회에 참가한다. 처음에는 5킬로미터 코스에 출전하지만 10킬로미터 코스, 하프 코스를 순조롭게 완주하고 급기야 하와이 호놀룰루 마라톤 풀코스에 도전해 완주한다. 『마라톤 1년차』는 이 과정을 만화로 보여준다. 작가는 이후 『마라톤 2년차』 『해외 마라톤 런런!』으로 이어지는 마라톤 만화 시리즈를 세상에 내놓는다.

그 책들을 읽으면서 나도 달리러 나가고 싶어졌다. 훌륭한 책이다. 그런데 차츰 기가 죽기 시작했다. 다카기 나오코는 아무것도 하지 않다가 어느 날 갑자기 5킬로미터를 거뜬히 뛰었다. 그것도 40분 만에. 나는 몇 번을 좌절하고 다시 도전한 끝에 겨우 5킬로미터를 뛸 수 있었다. 5킬로미터를 35분 만에 간신히 뛴다. 좀 편하게 달렸다 싶은 날은 40분이 걸린다. 다카기 나오코는 달리기를 시작하고 1년도 되지 않아 풀코스 마라톤, 그것도 해외 마라톤에 도전해서 5시간 1분 만에 완주한다. 나는 근근이 10킬로미터를 뛴다.

- 젊어서 그런가? 그럼 난 이미 글렀나?

- 체계적으로 훈련을 받고 달려서 그런가? 그럼 나도 전문가에게 달리기 코치라도 받아야 하나?

- 함께 달려서 그런가? 그럼 나도? 근데 함께 달릴 친구를 어디서 구하지?

- 목표치를 높게 잡고 달려서 그런가? 그럼 나도? 아니야. 별로 그러고 싶지 않아.

세상에는 위대한 이야기가 넘쳐난다. 영화 속 히어로들만의 이야기가 아니다. 현실에도 히어로가 얼마나 많은지 모른다. 달리기를 비롯한 각종 운동으로 자신의 한계를 넘어선 이들의 이야기는 나를 유혹했다. 나는 계속 읽었고, 매혹되었고, 좌절했다.

2016년 연구 결과에 따르면 인스타그램에서 '너도 운동하면 이렇게 될 수 있어!'류의 사진을 보면 대체로 자괴감이 커진다고 한다. … 그런 사진을 올리는 사람들은 운동욕을 자극하기 위해서라지만 보는 사람은 주눅이 들고 낙담한다.
- 『시작하기엔 너무 늦지 않았을까?』

이미 매일매일의 노동은 우리의 한계를 시험하고 있다. 밥벌이의 노동에서 살아남아 저녁을 맞고 다음 날 아침을 시작할 수 있다는 것만으로도 우리의 삶은 이미 영웅적이다. 여기에 또 혼을 쏟아부어 달리기를 하고, 뼈를 갈아넣어 글쓰기를 해야 한다면, 그걸 해낼 수 있는 사람이 몇이나 될까?

나는 나 같은 사람의 이야기도 쓸모가 있다고 생각했다. 사람들에게 필요한 것은 소소한 도전으로 소소한 변화를 이루어내는 평범한 보통 사람의 이야기일 수도 있지 않을까?

이것은 성공에 대한 이야기가 아니다

그냥 운동화만 신고 다녀도 다리가 날씬해지고 살이 쭉쭉 빠지고 근력이 강화된다든지, 하루 몇 분의 노력만으로도 영어가 뇌에 쏙쏙 새겨진다든지 하는 식의 광고가 판을 치는 세상이다. 광고에 낚여 클릭을 하고 지갑을 열고 그 상품들을 영접해보지만 결말은 늘 비슷했다. 로맨스 드라마의 주인공 남녀가 모든 시련을 이기고 사랑을 이루는 결말로 끝나는 것보다 높은 확률로 나는 매번 속아왔던 것 같다.

이런 세상에 책 한 권을 내놓으려고 하니 마음에 걸리는 것이 한두 가지가 아니다. 가장 마음에 걸리는 것은 혹시 누군가 내 책을 다 읽고 나서 '낚였다!'라는 결론에 도달하는 것이다. 그래서 처음부터 밝혀두려고 한다.

이 책에는 없다. 1년에 몇 번씩 철인 3종 경기를 완주하는 상철 체력을 키우는 비결은 이 책에 없다. 그런 위업을 달성하는 방법은 알지도 못하거니와 내가 할 일도 아니다. 이 책을 읽는

17

다고 올해 12월에 하와이로 날아가 호놀룰루 마라톤을 완주하
는 기적이 일어나지는 않을 것이다.

실은 나에게도 꿈이 있었다. 이 책을 다 쓰는 시점에는 하프
마라톤이라도 완주해 메달을 목에 걸고 희희낙락 찍은 사진이
라도 책 한 귀퉁이에 실을 수 있지 않을까, 하는 꿈. 현실은 이
렇다. 집필을 마무리하고 있는 이 시점까지도 나는 그냥 지지
부진한 생활러너일 뿐이다. 어쩌다 10킬로미터를 달리고, 틈
나는 대로 4~5킬로미터를 달리는, 생활러너.

이 책에는 없다. 식스 팩에 애플 힙이 장착된 몸을 갖게 되는
비결이나 77사이즈의 몸을 44사이즈로 바꾸는 방법은 이 책에
없다. 매일 운동을 하고 있지만 나는 아주 조금의 근육을 얻었
고, 아주 조금의 지방을 떠나보냈을 뿐이다. 워낙 근육은 적었
고 지방은 풍성했기에 조금씩의 플러스/마이너스가 생겼다고
해도 큰 틀에서는 별 변화가 없다. 나는 그냥 딱 그 나이만큼의
50대 여자 사람이다.

이 책에는 없다. 지금까지 몰랐던 재능을 뽑아내면서 엄청
난 대작을 집필하는 비결은 없다. 나는 전에도 힘겹게 글을 쓰
는 사람이었고, 글쓰기를 피할 수만 있다면 책상 정리, 옷장 정
리, 집안 대청소 그 무엇이라도 기쁘게 해낼 수 있는 사람이었

다. 나는 지금도 글쓰기가 힘들고, 글쓰기를 피하고 싶다. 나는 여전히 출판계약서에 서명하고 돌아온 날부터 매일 어떻게 하면 덜 부끄럽고 덜 미안한 방법으로 계약금을 반환하고 집필 약속을 없던 일로 만들지 궁리한다.

그래도 나는 쓰고 싶었다. 대단하지 않아도, 엄청난 일을 이루지 못했어도, 그래도 그 속에 기쁨이 있고, 깨달음이 있다는 것을 이야기하고 싶었다. 그리고 어쩌면 이 일이 나와 비슷한 많은 사람들, 특히 운동으로부터 소외되어왔던 많은 여자들에게 지지와 격려를 보내는 일이 될 수도 있을 거라고 생각했다.

지금도 망설이고 있을 사람들을 생각했다. 그 사람들에게 말해주고 싶었다. 세상에 대단한 사람 그렇게 많지 않아요. 다 우리랑 비슷해요. 그러니 망설이지 말고 당장 멋진 운동화를 장만하세요. 이렇게 부추기고 싶었다. 무엇 하나 제대로 해내는 것 없이 이것저것 계속 시도하고 좌충우돌하는 50대 여자의 이야기가 누군가에게는 의미 있는 '부름'으로 작용할 수 있을 거라는 작은 희망으로 이 책을 썼다.

적어도 이렇게 말할 수는 있을 것 같다. 나는 매일 몸 쓰기를 하며 그만큼 행복해지고 있다. 보잘 것 없는 몸 쓰기이지만 그렇다고 몸 쓰기를 통해 얻는 행복마저 보잘 것 없는 것은 아니다. 유명 셰프처럼 요리하지 못한다고 해도 우리는 매일의 식사를 차리지 않는가. 식탁에 올라간 음식들이 보잘 것 없어도 레스토랑 코스 요리를 즐기는 사람들에 견주어 우리의 행복이 초라한 것은 아니지 않나.

유감스럽게도 이것은 성공에 대한 이야기가 아니다. 내가 지금부터 들려줄 이야기는 아주 사소한 이야기이다. 매일 몸을 쓰고 글을 쓰며 스스로를 돌보는 도중에 어떤 일들이 벌어졌는지를 이야기할 뿐이니까. 결과적으로 크게 달라진 것은 없다. 그저 사소한 몇 가지가 달라졌다. 그런데 50이 넘어서야 비로소 깨달은 중요한 생의 비밀은 사소한 것들이 실은 사소하지 않다는 것이다. 사소한 것들이 모여 분명히 무엇인가가 된다.

엄청난 일을 이룰 수 없다는 이유로, 시작하기를 두려워하지는 말아야 한다.

어느 날
몸이
신호를 보냈다

시작은 발톱

사는 동안 크게 불편할 일이 없어서인지, 몸에 대해 별생각을 하지 않고 살았던 것 같다. 지나고 보니 그건 굉장한 행운이었다. 그 행운이 서서히 나를 떠나기 시작했을 때가 되어서야 그동안 내가 누린 것에 대해 감사하는 마음이 들었다. 자기 몸을 별로 의식하지 않고 산다는 것은 그런 것이다. 많은 사람들이 그렇게 살아간다. 나도 마찬가지였다.

내가 고등학생일 때, 한 선생님이 이런 얘기를 했다. "피부는 17살부터 노화가 시작된다. 그러니 너희들도 관리 잘 해라." 그 말을 들은 우리는 까르르 웃음을 터뜨렸다. 그냥 재미있으라고 한 농담인 줄로만 알았다. 우리도 언젠가 늙는다는 걸 상상도 할 수 없는 나이였으니까.

노화를 농담으로 여겼던 그날로부터 30여 년이 흐른 어느 날, 지독히 피곤했던 퇴근길에 그 선생님의 말이 떠올랐다. "여자의 피부는 권력이다"라는 카피가 달린 화장품 광고 포스터가 눈에 들어왔기 때문이다. 피부에 무슨 짓을 해봐도 푸석하고, 화장을 빼먹은 날이면 어디 아프냐는 말을 듣고, 베개 자국은 오후가 될 때까지 그 흔적을 과시했다. 여자의 권력이 피부에서 나오는 거라면 나는 을 중의 을인가? 그 광고를 보며 그런 생각을 했다.

나이가 들어 피부에서 윤기와 탄력이 사라지는 것은 각오한 일이었으니 그냥저냥 받아들일 수 있었다. 피부에 뭔가를 더 발라주는 번거로움을 감수하며 살 수밖에 없지, 뭐.

노화의 증거는 피부를 넘어 곳곳에서 찾아왔는데, 민망하게도 나의 노화는 발톱에서부터 찾아왔다. 발톱이 퍼석거리고 두꺼워지는 것이, 살아있는 사람의 일부분이라고 보기엔 무리가 있었다. 친구가 보더니 발톱 무좀이라고, 병원에 가보라고 했지만 상당히 오랜 기간 무시하며 살았다. 발톱 무좀 따위 별건가 싶었다. 아프지도 않고 불편하지도 않은데. 그러다 문득 내가 나를 이렇게 대접하는 것은 공정하지 않은 일이라는 생각이 들었다. 지하철 환승역에서 레이저로 발톱 무좀을 치료하는 피부과가 있다는 광고를 보고 예약을 했다.

긴 시간 대기를 해야 했고, 겨우 의사를 만났는데 의사가 보더니 무좀이 아니라고 했다. 그럼 뭔가요, 이게? 의아해하며 묻는 내게, 젊다 못해 어려 보이는 의사가 단호하게 대답했다.

- 노화예요.
- 그럼, 어떻게 해야 하나요?
- 발 씻고 나서 크림 듬뿍 발라주세요. 다른 방법이 없어요.

발톱이 내가 늙어가고 있다고 아우성치고 있었다. 무좀을 치료하러 갔다가 불치병 선고를 받고 돌아왔다. 불치병 맞다. 노화는 막을 방법이 없으니까. 다행히 더위를 타지 않으니 최대한 오래 양말을 신고 지내는 걸로.

다음은 눈

시도 때도 없이 눈물이 난다. 감정조절이 안 되는 게 아니고 그냥 눈물이 난다. 바람이 불면, 햇살이 따가우면 눈물이 난다. 나는 매일 울면서 출근하고 울면서 퇴근하고 울면서 친구를 만났다. 북풍한설이 몰아치는 계절이 오면 눈물 때문에 뺨이 얼 지경이다. 눈물샘이 막히면 그렇게 눈물이 난다고, 어서 병원에 가보라고 친구가 권했다. 안과에 갔다. 이런저런 검사 끝에 의사가 말했다.

- 눈물샘이 막힌 건 아닙니다.
- 그럼, 뭔가요?
- 노화예요. 눈물의 농도가 옅어져서 눈물이 나는 거예요.
- 그럼 어떻게 해야 되죠?
- 방법이 없어요. 원하시면 인공눈물을 드리겠지만, 별 효과는 없을 거예요.

눈물이 넘쳐서 병원을 찾았는데 눈물을 더 넣으라는 묘한 처방을 받았다. 눈물샘 막힌 것을 치료하러 갔다가 불치병 판정을 받고 왔다. 그냥 손수건을 꼭 챙겨 다니는 걸로.

황망한 일은 계속 벌어졌다. 출장 때문에 제주행 비행기를 타야 하는데 발권기 앞에서 나는 망연해졌다. 당시 나는 2G폰을 썼기 때문에 예약증을 인쇄해서 들고 왔는데, 인쇄된 예약 번호를 읽을 수가 없었다! 글자가 아른거렸다. 안경을 끼고 있었다면 안경을 벗어서 보면 될 일이었지만, 당시 나는 렌즈 생활자였다. 내 얼굴에서 그나마 봐줄 만한 부위가 눈이라는 굳은 믿음으로, 19살 때부터 군세게 렌즈를 꼈다. 안경 낀 내가 마음에 들지 않았다. 그렇다고 시력교정수술을 받을 만큼 용감하지도 않았기 때문에 30년 내내 렌즈를 끼고 살았는데 결국 한계가 온 것이다.

내 뒤에 줄을 서있던 젊은 남자에게 예약번호를 읽어달라고 부탁했다. 젊은 남자는 친절하게도 발권을 대신 해줬다. 참 친절한 젊은이라고 생각하며 열댓 번 고맙다고 인사를 했다. 비행기를 타고 생각해보니 어느 순간부터 젊은 사람들이 내게 무척 친절하다. 젊은이들이 마땅히 친절을 베풀어야 한다고 생각할 만큼 내가 나이를 먹었다는 것을 깨달았다.

일단 콘택트렌즈를 포기했다. 도수 높은 안경을 낀 내가 별로 마음에 들지는 않았지만 적응하는 수밖에. 편해진 것도 있었다. 눈 화장이 필요 없어졌기 때문에 아이섀도, 마스카라 등 각종 눈 화장 제품들을 모두 버렸다. 섭섭하지 않았다면 거짓말이겠지만, 그런대로 버텼다. 안경을 썼다 벗었다 하면서 책을 읽었다. 어느 날 내가 진행하고 있는 참여연대 독서클럽의 참가자 한 분이 이런 시원한 발언을 했다.

　- 글자가 잘 안 보인다고 속상해할 필요 없어요. 괜한 데다 감정 섞지 말아요. 기술이 얼마나 발달했는데. 누진다초점 안경을 쓰면 얼마나 좋은데요. 망설일 필요 없다니까요.

안경점을 찾았다. 마음에 쏙 드는 안경테를 고르고 가장 비싸다는 렌즈를 선택했다. 아는 분 소개로 왔다며 깎아준 것이 딱 100만 원. 아깝다는 생각도, 비싸다는 생각도 하지 않았다. 망설이지 않고 이 안경을 고를 수 있는 내 형편에 안도감을 느꼈을 뿐이다.

만 50세. 노안을 받아들이고 안경을 바꿨다. 눈이 제 기능을 못 하기 시작했으니 이것도 병이라면 병이고, 치료가 불가능하니 불치병이 맞다. 앞으로는 계속 누진다초점 렌즈와 친하게 지내는 걸로.

어느 날 나보다 5살쯤 많은 선생님이 옆에서 속삭였다.

　- 나 겨울에 백내장 수술하면서 시력교정도 같이 했잖아. 너

무 좋아. 젊었을 때처럼 잘 보여.

듣기만 해도 눈이 확 밝아지는 기분이다.

불치병 리스트가 점점 길어진다

만 50세가 되던 해, 건강검진 결과표를 받아들었더니 '과체중'
이란다. 과식을 하지 말고 열심히 운동하라는 조언이 적혀있
었다. 나는 과식도 하지 않고 나름 운동도 열심히 하는데, 여기
서 더 어떻게 노력해야 하느냐고 불평을 늘어놓았다. 그랬더
니 친구들이 입을 모아 말했다. 지적받은 게 과체중 하나면 그
냥 감사한 마음으로 살라고. 혈압, 혈당, 콜레스테롤… 다양한
문제들이 우리 앞길에 놓여있다고. 맞는 말이다.

예전에는 과체중이나 비만이 자존감이나 불편함의 문제였
지만 지금은 생존 혹은 삶의 질과 직결되는 문제가 되었다. 그
렇다고 무리하게 먹는 것을 줄이는 것도 긴깅을 해친다고 하
니 방법은 운동밖에 없다. 40대 중반을 넘기면 근육이 급격하
게 빠진다고 한다. 잃어버릴 근육도 별로 없는데, 그것마저 급

격히 소실된다고? 젊지 않은 내 몸은 전보다 훨씬 많이 노력해야 겨우 제자리를 유지할 수 있다. 이것도 불치병 맞다. 다행히 전보다 시간이 많으니 열심히 운동하는 걸로.

나는 눕자마자 잠들어서 알람이 울릴 때까지 한 번도 깨지 않고 죽은 듯이 잠을 자던 사람이다. 신혼 때, 남편은 내가 정말 자고 있는 건지 겁이 덜컥 나서 호흡을 확인해봤다고 한다. 이런 내게도 불면의 밤이 찾아왔다. 깊고 길게 자던 나는 이제 없다. 잠의 두께는 자꾸 얇아지고 툭툭 끊어진다. 스타카토로 잠을 자는 날이 늘어난다. 국어사전을 뒤진 끝에 '노루잠'이라는 단어를 찾아냈다. 이렇게 툭툭 끊어지는 잠을 노루잠이라고 한단다. 이런 단어가 있다는 것은, 이런 증세를 가진 사람이 많다는 뜻이니 지금까지 꿀잠을 잘 수 있었던 팔자에 감사하고 새로운 상황을 받아들이기로 한다.

이런 식으로 노화의 리스트는 점점 늘어나고 있다. 이 리스트가 앞으로 점점 더 길어질 확률은 100퍼센트. 그렇다. 이건 시작일 뿐이다. 그렇다. 나는 계속 늙어갈 것이다.

가끔 마사지를 받으러 가면 "허리 안 아파요?"라는 질문을 받곤 했다. 아프지 않다고 하면 "이상하다, 아플 텐데, 이상하다" 하는 혼잣말 같은 반응이 돌아왔다. 아프지 않은데 자꾸 아프냐는 질문을 받는 기분도 이상했다. 마사지를 더 자주 받으러 오라고 장삿속으로 그런다 생각하고 덮어두기에는 좀 찜찜했다. 그런데 어느 날부터 허리가 아팠다. 삐끗한 적도 없는데 그냥 허리가 아팠다. 살살 달래고 조심해서 움직이면 괜찮아졌기 때문에 크게 걱정하지는 않았다. 이러다 괜찮아지겠거니, 생각했다.

허리에 문제가 있는 것이 분명했다. 몸의 다른 부분의 힘이 좋을 때는 허리에 힘을 주는 일을 최대한 피하면서 다른 부분으로 그냥저냥 버텨왔지만, 기운이 빠지는 나이가 오자 몸의 다른 부분들도 더 이상 그 일을 하려고 하지 않았다. 생각해보면 나의 허리는 계속 나에게 신호를 보내고 있었는데 내가 그 신호를 알아차리지 못한 것이다.

곰곰이 생각해보니 앉아있는 일이 불편한 지가 꽤 되었다. 20대 때도 방바닥에 가부좌로 앉거나 쪼그리고 앉는 것이 불편했다. 대학교 1학년 때, 농촌활동을 갔는데 평가 시간만 되면 안절부절못했던 기억이 떠올랐다. 다들 괜찮은 것 같은데, 나는 바닥에 오래 앉아있을 수가 없었다. 뜨거운 김이 올라오는 밭고랑을 기며 잡초를 뽑는 노동보다도, 밤에 앉아서 평가 시간을 갖는 것이 더 힘들었다. "똑바로 앉으라"는 선배의 말에, 허리가 너무 아파서 앉아있을 수가 없다며 엉엉 울었던 낯뜨거운 기억이 지금도 생생하다.

지금은 더 불편하다. 집 안 어디에 어떻게 자리를 잡고 있어도 편안하지 않았다는 사실도 뒤늦게 깨달았다. 소파가 내 키에 비해 너무 높아서 그런가 해서 소파를 바꿨지만 불편은 여전했다. 소파는 잘못이 없었다. 내가 문제였던 것.

자고 일어나면 등과 허리가 뻣뻣해서 애를 먹은 일도 꽤 오래되었고, 더 자고 싶은데 허리가 아파서 일어났던 일이 최근에 여러 번 있었다는 것도 뒤늦게 깨달았다.

그런데 나는 왜 몸이 보내는 신호를 알아차리지 못했을까? 너무 바빠서? 아이를 키우며 풀타임으로 직장 생활을 하는 것은 그것만으로도 누구에게나 힘겨운 일이다. 다른 사람들은 어떤지 모르겠지만 내 몸은 큰 소리로 신호를 보내지는 않는 것 같다. 슬쩍 신호를 보내오는데 나는 늘 다른 데 정신이 팔려

있었다.

'내가 둔한 사람이라서'라고 대답할 수도 있을 것이다. 나는 '내가 둔하다'는 말을 입에 달고 살아왔다. 나는 지인들에게 미세하고 섬세한 부분을 잘 알아차리지 못하니 내가 알아차릴 것을 기대하지 말고 그냥 알려달라고 했다. 그러면 '민감한 사람'들은 나를 부러워했다. 자기는 너무 민감해서 다른 사람들의 미묘한 반응도 너무 잘 읽고, 분위기도 너무 빨리 알아차린다며, 모르고 살 수 있으니 얼마나 좋으냐고 했다.

나는 나에 대해서도 늘 뒤늦게 알아차렸다. 지인들이 '너무 힘들어 보인다'며 '괜찮냐'고 물으면, '괜찮다, 견딜 만하다'고 답하곤 했다. 정말 괜찮은 것 같았다. 그런데 누군가 내게 이야기해주었다. 내가 "생각해보니 내가 작년에 굉장히 힘들었나봐"라는 말을 종종 했다고. 그 말을 듣고 나서야 힘들다고 말하면 내가 무너질 것 같아서, 어떻게든 견뎌보려고 괜찮다고 말해왔다는 것을 알았다.

매일을 바쁘게 살면서, 괜찮지 않은데 괜찮다고 최면을 걸면서 달려온 시간들이 내 몸에 차곡차곡 쌓이고 있었다. 내 몸은 속도를 늦추고 짐을 줄이라고 줄곧 신호를 보내왔지만 나는 듣지 못했다. 아니, 듣지 않았다. 내 몸의 말을 들으면 이대로 멈추게 될까 봐.

큰 병이 생긴 것은 아니다. 그냥 불편해졌을 뿐이다. 그렇지만 이번에는 괜찮다고 말하며 덮어두지 않기로 했다. 등이 불편해서 충분히 자지 못하고 허리와 골반이 불편해서 어떻게 앉아도 편안하지 않다면, 그건 절대로 괜찮은 게 아니니까.

나는 젊어서 좋은 나이를 살고 있구나

노화는 다양한 방식으로 신호를 보내온다. 사실 40대 후반부터 내가 수신한 신호들은 크게 걱정할 만한 것은 아니었다. 조금 불편하고, 조금 민망하고, 내 몸을 위해 해야 할 일들이 조금 늘어난 것뿐이다. 이 정도 문제를 가지고 젊음이 끝장난 것처럼 호들갑 떨 생각은 없다. 생각해보니 이제 90이 되신 나의 어머니는 나를 보며 늘 이렇게 말씀하신다.

- 너를 보기만 해도 기분이 좋구나. 젊어서 기운이 넘치니 얼마나 좋으냐.

- 엄마, 나 이제 안 젊어요.

－ 내 눈에는 젊기만 한걸.

엄마는 진심으로 그렇게 말씀하셨다.

나보다 11살이 많은 큰 언니는 내게 이런 말을 한다.

－ 내가 살아보니까 50대는 참 좋은 나이야.

언니의 말에도 진심이 담겨있다.

이건 좋은 소식이다. 나는 아직 젊어서 좋은 나이이고, 살아보니 참 좋은 나이를 살고 있으니 말이다. 다만 전에는 모르고 누렸던 내 몸의 혜택을, 이번에는 감사하며 누리기로 했다. 그리고 내 몸에게 잘하기로 마음먹었다. 그런데 어떻게 해야 내 몸에게 잘할 수 있지? 사람들은 이 대목에서 여러 가지 선택을 한다. 나는 '운동'을 선택했다.

（2）

이러다 큰일 날 것 같아서
운동을 시작했지만

상태가 안 좋을수록 자기 몸에 관심이 없더라고요

내 생애 가장 통 큰 쇼핑이었다. 일대일 PT 프로그램에 등록한 것이다. 퇴근 후 지친 몸을 이끌고 집에 왔는데, 엘리베이터 옆에 홍보물 하나가 붙어있었다. 새로 생긴 피트니스 센터의 홍보물이었다. 평소 같으면 그대로 분리수거함으로 직행했을 텐데, 그날은 식탁에 앉아서 꼼꼼하게 읽어보다가 그대로 일어나 집을 나섰다.

전혀 몸을 움직이지 않고 산 것은 아니었다. 걷는 걸 좋아하는 나는 시노 때도 없이 걸었고, 퇴근 후 수영장에 들러 자유수영을 하기도 했다. 가끔 탁구나 배드민턴도 쳤다. 꽤 오랫동안 요가도 했다. 그런데도 몸이 이렇게 무겁고 피곤하다면 다른 방법을 찾아야 하지 않을까? 늘 하던 대로 하면서 변화를 기대할 수는 없으니까.

사실 일대일 PT에 대해 그간 내가 품었던 생각은 '다 돈지랄' 이라는 거였다. 자기 힘으로 운동을 못 해서 거금을 주고 배우 러 다니는 것은 내 가치관에는 맞지 않는 일이었다. '그 돈이 있다면 ○○을 할 텐데'의 ○○에 들어갈 수 있는 단어의 리스 트는 길고 길었다. 하지만 이러다 드러눕거나 덜컥 병이라도 나면 더 큰 지출과 고통으로 이어질 것이 분명했다. 이렇게 스 스로를 설득하면서 결제를 하는데 속으로는 덜덜 떨었다. 정 말 처음이었다. 나를 위해 단번에 이렇게 큰 돈을 쓰다니! 안 해도 되는 일에 이런 거금을 던지다니! 인간답게 살아야겠으 니 일단 돈이라도 써보자는 심정이었다. 2018년 6월이었다.

나는 책을 통해 동기부여가 잘 되는 사람이다. 사실 그즈음 에 읽은 『아무튼, 피트니스』라는 책이 내 등을 떠밀었다. 이 책 의 저자인 류은숙은 한국 사회를 대표하는 인권 운동가인데, 인권 운동가가 쓴 피트니스 체험기라니 흥미롭지 않은가. 얼 른 주문해서 단숨에 읽었는데, 그의 사정도 나와 크게 다르지 않았다. 살려고 운동을 시작한 것이다. 페이지마다 밑줄을 치 고 포스트잇을 붙이며 여러 번 정독했다. 지금도 운동을 망설이는 사람이 있으면 이 책부터 권한다. 아무튼 『아무튼, 피트니스』 덕분에 나도 피트니스의 세계에 입문하게 되었다.

결과부터 말하면, 이날의 통 큰 쇼핑은 지금까지 내가 한 어떤 쇼핑보다 가성비가 높았다. 근력 운동은 내가 가장 피하고 싶은 운동이었다. 생각만 해도 지루하고 힘들었다. 하지만 나에게 정말 필요한 운동이기도 했다. 근력 운동을 통해 애플 힙을 얻게 되었다거나 멋진 등 근육을 자랑하게 되는 일은 일어나지 않았지만, 정말로 근육에 힘이 붙었다. 나는 1년이 조금 넘는 기간 동안 피트니스 센터에서 일대일 PT를 받으며 운동하다가 이런저런 우여곡절을 겪은 끝에 필라테스로 종목을 바꾸었다. 햇수로 3년째 필라테스를 계속하고 있다. 근육에 힘이 붙는다는 것이 무엇을 의미하는지는 그로부터 6개월 뒤 제주에서 드라마틱하게 깨닫게 되었는데, 그 이야기는 뒤에서 하기로 하자.

가장 큰 변화는 '내가 내 몸에 관심을 기울이게 되었다는 것'이다. 학교에서 성적표를 나누어주면 제대로 보지도 않고 책상 위에 방치하는 아이들이 있다. (책상 위는 양반이다. 교실 바닥에 뒹구는 성적표도 많다.) 성적이 낮은 아이들일수록 성적표를 잘 들여다보지 않는다. 성적이 낮으니 더 많이 들여다보고 더 많이 생각하고 더 많이 결심해야 할 것 같지만, 낮은 정도가 일정 수준을 넘어서면 상식적인 대응이 어려워지는 것 같다. 일종의 회피기제라고 볼 수 있다. 그런데 나도 내 몸에 대해 그런 반응을 보이며 살아왔다는 것을 알게 되었다. 허리가 아프면 허리에 관심을 기울이고, 어깨가 아프면 어깨에 관심을 기울이는 것이 당연함에도, 인내심 하나로 버텼다. 하지만 그건 인내심이 아니었다. 나는 회피하고 싶었던 것이다.

더위 먹은 개처럼 헐떡이며 운동을 하다가 잠시 쉬면서 필라테스 트레이너와 대화를 나누는 중이었다. 트레이너가 내 몸의 상태에 대해 이런저런 질문을 하는데, 나는 거의 대답을 하지 못했다. 한 번도 생각해보지 않은 문제이거나 생각해보아도 알 수 없는 문제들이었다. 내 몸인데 내 몸이 아닌 것처럼 무관심하게 살아온 결과였다. 나의 총체적 무지 상태를 목격한 트레이너가 이런 말을 했다. "이상하죠? 몸 상태가 안 좋은 사람일수록 자기 몸에 관심이 없더라고요."

규칙적인 운동의 가장 큰 성과는 내 몸에 관심을 두게 되는 것이다. 운동을 하면서, 평소에 사용하지 않던 근육을 일상적이지 않은 강도로 움직이다 보면 내 몸을 새롭게 들여다볼 수 있게 된다. 그리고 이것은 '모든 것의 시작'이다. 일단 몸에 관심이 생기면 몸에 좋은 일을 하고 몸에 좋은 것을 먹고 싶어진다. 몸에 대한 대화를 나누고, 몸에 대한 책을 읽으면서 나를 위해 좋은 일을 할 수 있게 된다.

그날 운동을 마치고 트레이너는 다음 구절을 메시지로 보내주었다. 노자의 『도덕경』에 나오는 구절이라고 한다.

"나의 감정을 내 몸과 같이 존중하라."
이 말은 무슨 뜻이겠는가?
내가 감정을 품을 수 있는 것은 내게 몸이 있어서다.
몸이 없다면 어찌 감정이 있을 수 있겠는가?
감정에 마구 휘둘려 자기 몸을 귀하게 여기지 않으면
삶은 제대로 굴러가지 못한다.
제 몸을 소중히 여기는 것이 모든 것의 시작이다.
그렇기에 천하를 다스리는 것보다
제 몸을 사랑하는 데 전력을 다하는 이가
천하를 맡을 자격이 있다.
– "제 몸을 소중히 여기는 것이 모든 것의 시작이디"

그래, 달리기가 좋겠어

근력 운동과는 별개로 내 몸을 위해 꾸준히 무언가라도 해야겠다고 마음을 먹고 내가 선택한 종목은 '무려' 달리기였다. 50을 목전에 둔 여자 사람이 선택하기에는 허들이 높은 종목이라 생각하는 사람들도 있겠지만, 내 생각은 좀 달랐다.

달리기는 몇 가지 면에서 만만했다.

첫째, 인간은 누구나 달릴 수 있다. 인간은 지구상에서 가장 오래 달릴 수 있는 종으로 진화했다고 하지 않던가. 특별한 기술을 익혀야 하는 것도 아니다. 나는 인간이다. 그러므로 달릴 수 있다. 이런 논리가 내 머릿속에 펼쳐졌다. (음, 달리자마자 그건 이론일 뿐이라는 사실이 밝혀졌다.)

둘째, 달리기는 언제 어디서든 할 수 있다. 동네 한 바퀴를 돌아도 되고, 강변을 달려도 되고, 학교 운동장을 달려도 되니 얼마나 좋은가. 장소에 구애받지 않는다. 수영을 하려면 수영장까지 가야 하고, 배드민턴을 하려면 배드민턴 코트까지 가야 하는데 달리기는 어디서든 그냥 달리면 된다. (음, 달리다 보니 달리기 좋은 장소를 찾아 멀리까지 가고 싶어지기도 하고 춥거나 덥거나 비가 오거나 눈이 오는 날엔 달리기를 하기 어렵다는 점이 밝혀졌다.)

셋째, 달리기를 하는 데는 돈이 들지 않는다. 별다른 장비가 필요 없다. 운동화 한 켤레면 충분하다. 나에게는 이미 많은 운동화가 있고, 게다가 운동복도 있으니 추가로 장비를 준비할 필요가 없다. (음, 달리기를 하다 보면 이상하게 쇼핑 욕구가 치솟아서 러닝화만 보면 사고 싶은 증세가 나타나기는 한다. 모자에, 스마트폰을 넣을 벨트 색에, 계절에 맞춰 입을 운동복에, 의외로 쇼핑 품목이 많아지긴 하지만 다른 운동에 비해 저렴한 것은 분명하다.)

넷째, 달리기는 혼자서도 할 수 있다. 이 부분은 대단히 중요했다. 사람 만나는 것을 별로 좋아하지도 않는데 밥 벌어 먹고 사느라 하루 종일 사람을 만나며 살아야 하는 나는, 퇴근 후 추가로 사람을 만나는 것이 너무 힘들다. 그래서 탁구, 배드민턴, 축구처럼 동호회 활동을 하거나 운동 친구가 있어야 가능한 종목이라면 시작도 하기 전에 포기했을 것이다. 내가 주로 달리는 안양천에 나가보면 열에 아홉은 혼자 달린다. (음, 뛰다보니 함께 달리면 훨씬 즐겁다는 사실도 알게 되있다.)

달리기 좀 한다는 사람들은 누구나 읽는다는 무라카미 하루키의 『달리기를 말할 때 내가 하고 싶은 이야기』에도 비슷한 이야기가 나온다.

달리는 것에는 몇 가지 큰 이점이 있었다. 우선 첫째로 동료나 상대를 필요로 하지 않는다. 특별한 도구나 장비도 필요 없다. 특별한 장소까지 가지 않아도 된다. 달리기에 적합한 운동화가 있고, 그럭저럭 도로가 있으면 마음 내킬 때 달리고 싶은 만큼 달릴 수 있다.

내가 위에 열거한 것과 같은 이유로 내 나이대 여자 사람들이 가장 많이 선택하는 운동은 걷기이다. 걷기도 똑같이 누구나 할 수 있고, 언제 어디서나 할 수 있고, 돈도 들지 않고, 혼자서도 할 수 있고, 건강에도 무지하게 좋다. 그런데 왜 걷기가 아니라 달리기였을까? 두 가지 이유가 있다. 첫째, 걷기로 운동량을 채우려면 시간이 아주 많이 필요하다. 둘째, 나는 이미 걷고 있었다. 그런데도 몸의 상태가 이 모양이라면 더 많이 걷거나 별도의 다른 노력을 해야 한다는 뜻이다. 그런데 더 많이 걸을 시간을 매일 내기는 어려웠다.

게다가 이건 엄청나게 중요한 사실인데, 나는 과거에 달리기를 해본 적이 있었다. 20년쯤 전이지만, 10킬로미터 단축 마라톤을 여러 번 완주한 경력이 있는 사람인 것이다. 맞아, 나에게도 그런 시절이 있었지. 그러니 달리기가 좋겠어! 나는 달리기로 했다.

덜컥 5킬로미터를 달리다

내가 처음 달리겠다고 결심한 것은 2000년이었다. 대학 다닐 때 4.19마라톤이라고 쓰고 데모라고 읽는 달리기를 해본 것을 제외하면 장거리 달리기는 그때가 처음이었다.

2000년 당시 나는 막 출산을 하고 육아 휴직 중이었다. 너무 답답했다. 답답하다고 느낄 때마다 내 모성이 부족한 탓인 것 같아서 죄책감이 들었다. 답답함도 죄책감도 별로 이로울 것이 없는 감정 상태다. 시간은 많으면서 없었고, 여유도 많으면서 없는 나날이 이어지고 있었다.

마침 한국에도 마라톤 붐이 일기 시작했는데, 나에게는 지금은 제목도 기억나지 않는 어떤 에세이집이 기폭제가 되었다. 뉴욕에 살고 있는 여성 저자가 취미로 마라톤을 하는 이야기였는데, 그 이야기는 무슨 이유에서인지 치명적으로 나를 유혹했다. 책날개 속 저자는 아주 짧은 커트머리를 하고 있었는데 그것마저도 너무 멋져 보였다. 머리를 짧게 자르지는 않았지만, 달리기를 시작했다.

아침 일찍 아기를 유아차에 태우고 운동장을 몇 바퀴 돌아보니, 어쩌면 나도 할 수 있을지 모르겠다는 생각이 슬그머니 올라왔다. 남편과 나는 잠실운동장에서 출발해 잠실운동장으로 돌아오는 5킬로미터 코스에 참가 신청을 하고 참가비를 입금했다. 과연 내가 5킬로미터를 뛸 수 있을까, 생각만으로도 심장이 두근두근했지만 연습은 별로 하지 못했다. 대회 전날 고민을 좀 했지만, 시어머니가 아기를 봐주기로 하셨으니 이제 와서 포기할 수는 없는 노릇. 그냥 대회장으로 갔다.

마라톤 대회에 대해 아무것도 몰랐던 우리 부부는 입고 간 외투를 벗어서 배낭에 넣었다. 남편이 그걸 짊어지고 5킬로미터를 달렸다. 짐 보관 서비스가 있다는 건 나중에 알게 된 사실. 그렇게 엉성하게 뛰었어도, 5킬로미터 달리기는 시작한다 싶더니 바로 끝났다. 별로 숨이 차지도 않았다. 마라톤 대회장에서 달리는 사람들이 뿜어내는 열기는, 난생처음 5킬로미터를 달리는 생초보 주자에게도 기이할 정도로 힘이 솟구치는 경험을 만들어냈다. 지금 이대로 지구를 구할 수도 있을 것 같은 기운이 치솟았다. 너무 쉽게 5킬로미터를 뛴 탓에 속으로 '혹시 달리기 천재?'라는 생각까지 했지만 입 밖으로 발설하지는 않았다. 시간이 흐르고 생각해보니 혼자만의 생각으로 남겨둔 것은 백번 잘한 일이었다. 그때 내가 숨이 차지 않았던 게 너무 천천히 뛰었기 때문이라는 건 나중에야 알았다.

나름대로의 성공을 거둔 우리 부부는 마라톤 대회를 계속 찾아보고 참가했다. 그렇게 해서 받은 배낭이며 티셔츠며 메달들이 집에 쌓이기 시작했는데, 그렇게 뿌듯할 수가 없었다. 그때만 해도 참가비에 비해 대회 기념품이 꽤나 훌륭했고, 완주 후에 받는 메달과 간식도 상당히 마음에 들었다. 달리기라는, 정말 쓸데없는 짓을 하러 모인 사람이 그렇게 많다는 것도 좋았다. 무엇보다도 내가 별다른 연습이나 노력 없이도 그런 일을 덜컥 해낼 수 있는 사람이라는 사실이 좋았다. 나는 경품 운이 좋은 편인데, 한번은 진공청소기를 경품으로 받았다.

하지만 대회 때 말고는 제대로 달릴 기회가 별로 없었다. 유아차에 아이를 태우고 운동장에 나가보았지만, 내가 달리기 시작하면 아이가 맹렬하게 울었기 때문에 나는 유아차로부터 10미터도 떨어지지 못했다. 달리기를 하면서 아이를 태울 수 있는 유아차가 있다기에 검색을 해보았다. 그때만 해도 그런

건 유럽에서만 팔고 있었다. 배송비까지 계산해보니 휴직 중인 내가 감당할 수 있는 비용이 아니었다. 누군가 아이를 봐줄 때만 달릴 수 있었는데 그런 기회가 자주 오지는 않았다.

매년 10킬로미터를 달렸지만

그 이듬해였던 것 같다. 제1회 여성 마라톤 대회가 개최되었다. 친구와 나는 핑크색 대회 티셔츠를 입고 10킬로미터를 뛰었다. 이때쯤부터 나의 달리기 파트너는 남편에서 친구로 바뀌었다. 내가 5킬로미터 코스에서 10킬로미터 코스로 이동하던 때와 남편이 달리기를 그만둔 때는 거의 겹친다. 내가 달리는 동안 아기를 봐줄 사람이 있어야 했기 때문에 우리 부부가 동시에 달리는 것은 불가능했다.

달리 연습 같은 것은 하지 않았다. 나는 달리기를 즐겼다기보다 달리기 대회를 즐겼던 것 같다. 젊었을 때이니 마음만 먹으면 언제든 10킬로미터쯤은 달릴 수 있었다. 어떤 해에는 대여섯 명이 모여서 떼 지어 달리기도 하고, 어떤 해에는 친구와 단둘이 달리기도 하면서 9년 동안 계속 참가했다.

30대 초반에 시작된 여성 마라톤 대회 참가는 40대 초반까지 이어졌다. 아장아장 걸으며 나의 달리기를 응원하러 나왔던 아이가 초등학생이 되도록 그 리추얼은 이어졌지만 10년을 채우지는 못했다. 할머니가 될 때까지 해마다 이 대회에 참가하자, 약속했지만 그 약속은 지켜지지 못했다.

어떤 이유로 어떻게 중단되었는지는 기억이 나지 않지만, 짐작은 할 수 있다. 달리지 못할 이유는 너무나 많았으니까.

‐ 그 무렵 너무 바빴을까?
‐ 바쁘긴 바빴지.

‐ 뛰기에 날씨가 너무 더웠을까?
‐ 5월의 오전 10시는 뛰기에 적절한 시간은 아니다.

‐ 대회 티셔츠가 너무 흉한 핑크색이어서?
‐ 참가비를 더 받더라도 좀 더 오래 입고 싶은 티셔츠를 제작해주었으면 좋겠다.

가장 큰 이유는 달리기가 너무 힘들었기 때문일 것이다. 러너스 하이(runner's high)는 개뿔! 달리면서 '하이'를 맛보는 인간이라니! 그런 인간이 있는지 어쩐지는 모르겠지만, 절대로 내 얘기는 아니었다. 힘든 것이 당연하다. 1년 내내 시속 4킬로미터를 최고 속도로 다니던 '걷는 인간'이 365일에 한 번 그 두 배 이상의 속도로 '달리는 인간'으로 변신하는 일은 곰이 사람으로 변하는 것에 버금가는 고통을 수반하는 일이니까. 그렇게 나는 달리기에서 멀어졌다.

나의 40대는 30대에 각오하고 있던 것보다 훨씬 분주했고, 친구나 나나 바쁜 일상을 이어가느라 정신이 없었던 것 같다. 오라는 데도 많고 가야 할 곳도 많았다. 더 이상 안아주고 업어줄 필요는 없었지만 아이를 위해 써야 하는 시간은 늘 부족했다. 내게 덜 필요한 것, 불필요한 것을 정리해야만 숨 쉴 틈이라도 만들어낼 수 있었을 것이다. 그런 이유로 나는 달리기를 정리했다. 정리해놓고 내가 정리한 줄도 몰랐다. 나는 늘 내가 간헐적이지만 뛰고 있다고 생각했던 것 같다.

달릴 수 있는 줄 알았더니

문득 정신을 차려보니 한 번도 달리지 않은 채로 몇 년의 시간이 흘렀다. 달리기 대회에 나갈 때마다 아빠 손을 잡고 나와 도착지점에서 나를 기다려주고, 박수갈채를 보내주던 어리고 귀여운 아들은 그사이 쑥쑥 자라 고3이 되었다.

그 무렵 나는 매일 노화 리스트를 업데이트하며 근근이 하루하루를 연명하는 중이었다. 운동을 해야겠어. 이번에는 정말로 해야겠어. 해본 운동이 달리기밖에 없어서 달리기를 하기로 결심했다는 얘기, 기억하시는지.

다시 러닝화를 챙겨들고 집 근처 학교 운동장으로 나갔다. 내가 달리기를 하던 곳, 내가 8년을 근무하던 곳, 그리고 이제는 내 아이가 다니고 있는 그 학교의 운동장을 천천히 달려보았다. 그리고 곧 큰 충격에 휩싸였다. 달릴 수가 없다!

운동장은 그대로였지만 나는 다른 사람이 되어있었다. 한 바퀴에 350미터도 되지 않는 작은 학교 운동장을 달리는 것이 그렇게 힘든 일이라니! 달리려고 마음을 먹는다고 늘 달릴 수 있는 것은 아니었구나.

몇 년을 달리지 않은 채로 살아온, 50을 코앞에 둔 중년의 아줌마가 달릴 수 없는 것은 당연한 일이다. 그런데 어쩌자고 별다른 노력도 하지 않으면서 언제든 마음만 먹으면 달릴 수 있을 거라는 엄청난 착각을 했을까. 캄캄한 밤중에 학교 운동장 구석에서 숨을 헐떡이며 깊은 절망과 근거 없는 배신감에 휩싸인 어떤 아줌마. 그게 나였다. 자, 이제 어쩐다….

다음 날 다시 가서 달려보았다. 전날보다 더 힘들었다. 원래 연속해서 달리면 그다음 날은 더 힘든 법이다. 적당한 휴식 뒤에 달려야 즐겁게 달릴 수 있다. 그러나 그때는 그 사실을 머리로만 알았지 마음으로 받아들이지 못했기 때문에 더 힘겨운 둘째 날을 겪고 마음이 있는 대로 쪼그라들었다.

간신히 몇 바퀴를 달리고는 운동장 구석에 쭈그려 앉아 내가 저지른 일을 한탄했다. 도대체 내가 내 몸에 무슨 짓을 한 거지? 당시 내 몸무게는 생애 최고 기록을 찍고 있었다. 해마다 500그램꼴로 규칙적인 증가 추세를 보이고 있었으니 사실은 매년 생애 최고 몸무게를 갱신하고 있었다. 그런데 키가 작다 보니 몸무게 숫자 자체가 어마무시하지는 않아서 슬쩍 외면을 해왔던 것 같다. 내 나이에 이 정도면 선방하고 있는 거라는 마음도 있었고, 몸무게 따위 쿨하게 생각하는 쪽이 멋있다고 착각하기도 했다. 그런 착각이 마음을 편하게 해주는 효과도 있으니까. 인정한다. 다 회피였다.

그래도 간헐적으로 달리며 그 여름을 보냈다. 정말 간헐적으로 달렸다. 너무 운동을 안 했다 싶어 죄책감이 깊어질 때, 컨디션이 너무 안 좋아서 달리기라도 해서 에너지를 끌어올리고 싶을 때 그냥 참고 달렸다. 악으로 깡으로 달렸다. 달리는 즐거움 따위는 없었다. 죄책감을 덜어낼 수 있었을 뿐. 유일하게 좋은 점이라면 한여름 무더위 속에서 안간힘을 쓰면서 달리니 땀이 많이 난다는 것 정도? 땀이 잘 나지 않는 나는, 땀을 흘릴 정도로 운동을 하는 것이 너무 어렵기 때문에 땀이 난다는 것만으로도 그냥저냥 위로가 되기는 했다.

당시 고3이던 아들 생각을 하면 조금 더 달릴 수 있었다. 아이는 힘들게 공부하고 있을 텐데, 달리기는 그보다는 쉬운 일이라는 생각이 들었기 때문이다. 아들을 군대에 보내고 마라톤을 시작했다는 어떤 분의 이야기를 들은 기억이 났다.

이렇게 해서 내가 좌절과 부진의 늪에서 벗어나 다시 잘 달리게 되었다, 라고 쓸 수 있다면 좋았겠지만 현실은 그렇지 못했다. 여름이 끝나면서 나의 간헐적 달리기도 끝이 났다. 대신 등산에 열을 올리기 시작했다. 원래 등산을 좋아했지만, 더 자주 더 열심히 산에 오르기 시작했다. 달리기는 안 되겠으니 이

참에 등산에 올인해보자는 생각이 없었다면 거짓말이다. 다시 달리기와 멀어졌다.

프라하에서 달리기, 부다페스트에서 달리기

이렇게 지지부진하게 한 해가 흘렀다. 아이는 대학생이 되었고, 나는 만 나이로도 50이 되어버렸다. 2018년이었다. 그해 여름, 결혼 20주년 기념(이라는 핑계를 대고) 여행을 했다. 프라하로 날아가는 비행기 안에서, 이번 여행에서는 아침마다 달려야겠다는 생각이 퍼뜩 들었다. 러닝화를 따로 챙겨가지 않았지만, 나처럼 짧은 거리를 천천히 달리는 생활러너에게는 일반 운동화로도 충분하다.

달렸다. 프라하의 거리를, 비엔나의 거리를, 부다페스트의 거리를…. 달리는 동안 아름답고 도도한 이 오래된 도시의 풍경들이 내 온몸에 스며들었다. 나는 그 도시들을 몸에 새기며 달렸다. 나는 그렇게 달리고 있는 내가 너무 마음에 들었다. 별다른 노력 없이, 한순간에 깊은 만족을 주고 자존감을 높여주는 일이 또 있을까 싶었다. 낯선 거리를, 이 아침에 나는 달리고 있다! 여행지에서 보낸 첫 번째 아침, 처음으로 프라하의 오래된 길들을 달려 숙소로 돌아오는 길에 생각했다. 이 기쁨을 최대한 오래오래 끌고 가고 싶다. 앞으로 내게 허락된 날들 동안 불평하지 않고 노력하겠다.

그 여행의 마지막 도시는 부다페스트였다. 한때는 화려했으나 지금은 좀 남루해진, 그러나 옛 시절의 저력과 에너지가 아직도 짱짱한 여인 같은 그 도시에서 3박 4일을 머물며 아침마다 도나우 강변을 달렸다. 세체니 브리지와 엘리자베스 브리지 구간에서 산책하는 할머니를 매일 만났다. 정말 천천히, 혼자 힘으로 새벽 강변을 산책했다. 내가 그 구간을 오락가락하며 달리고 있었기 때문에 우리는 아침마다 몇 번을 마주쳤고, 마주칠 때마다 눈인사를 나누었다. 그 도시를 떠나는 날 아침 달리기를 마치고 정리 운동을 하는데, 할머니가 말을 걸어왔다. 몇 마디 얘기 끝에 내가 오늘 집으로 돌아간다고 하자 할머니가 내게 인사를 전했다. "잘 가, 너의 달리기가 계속되기를."

『일리아스』를 보면 신은 곧잘 인간의 모습이 되어 인간 곁에 나타나곤 한다. 지금도 가끔 생각한다. 혹시 그 할머니가 그런 존재는 아니었을까, 하고. 그가 나의 달리기를 축복해주었기 때문이기도 했지만, 달팽이처럼 천천히, 축복처럼 걷던 그 할머니는 존재 자체로 내게 큰 선물이 되었다.

달팽이 할머니의 산책을 보며 나는 프라하의 첫 달리기에서 했던 결심을 수정했다. 불평 없이 노력하겠지만, 달릴 수 없어도, 빨리 걸을 수 없어도, 혹시 걸을 수 없게 되어도 내 몸이 할 수 있는 일들에 감사하며 살겠다고. 오늘 달릴 수 없게 된다면, 어제까지 달릴 수 있었던 삶에도 감사하겠다고. 달릴 수 없어도 축복은 계속될 수 있다는 것을 잊지 않겠다고. 다행히 나는 아직 달릴 수 있다. 감사한 일이다.

여기까지 쓰고 나서, 내가 『마녀체력』을 읽고 써놓은 메모를 발견하고 깜짝 놀랐다. "나는 어느 도시에 가든 우선 뛰어보면서 그곳 지리와 분위기를 익히는 마라토너였다"라는 문장을 필사하고 그 밑에 이런 메모를 달아놓은 것이다. "여행지에서 달려보기. 실천해보자!!" 그로부터 딱 두 달 뒤, 나는 체코, 오스트리아, 프라하의 여러 도시들을 달리며 즐거움을 맛보았다. 그 후 나는 달리는 사람이 되었다. 앞으로도 철인 3종 경기를 '해내는' 사람으로 살게 될 것 같지는 않지만, 그래도 달리는 사람으로 존재 중인 것은 분명하다. 이 변화의 시작이 메모 한 줄이었다니!

이번에는 이런 메모를 남겨본다. "닥쳐온 모험을 외면하거나 포기하지 말자." 1년 뒤, 혹은 세월이 좀 더 흐른 뒤, 내가 이 메모를 다시 만날 때는 어떻게 놀라게 될지 궁금하다.

내일 아침에는 꼭 달려야지

비싼 돈을 주고 지구 반대편으로 날아가 여행을 하면서 매일 달리기에 시간을 할애하는 것은 보통 결심으로는 되지 않는다. 아침에 일찍 일어나야 하니 전날에는 무조건 일찍 일정을 끝내고 잠자리에 들어야 한다. 이른 아침부터 한밤중까지 도시를 훑고 다녀도 모자랄 판에, 서울에서도 얼마든지 할 수 있는 달리기를 구태여 그 먼곳까지 가서 하겠다는 것은 비합리적인 선택이라고 할 수도 있다.

'그럼에도 불구하고' 거의 매일 달렸다. 낯선 거리를 달리는 즐거움이 달리기의 고단함을 달래주었고, 뭔가 남다른 일을 하고 있다는 자부심이 여행을 더 즐겁게 만들어주었다. 그렇게 니는 다시 달릴 수 있게 되었다! 심지어 처음 달리기를 시작했던 30대 때보다 훨씬 더 꾸준히 달릴 수 있게 되었다. 낯선 도시를 여행했던 즐거움보다 달리기의 세계로 다시 들어갔다는 사실에 감격하는 마음을 안고 한국으로 돌아왔다.

그. 런. 데. 왜! 왜! 왜!

여행지에서는 달릴 수 있었는데, 왜 집에서는 안 된단 말인가. 분주한 여행 일정의 틈새를 비집고 어떻게든 달리려고 궁리하던 사람이 바로 나였는데, 그 사람은 도대체 어디로 갔단 말인가. 나는 다른 나라에서만 꾸준히 달릴 수 있는 존재였단 말인가. 앞으로 나의 남은 생은 바로 여기, 사우스 코리아에서 보내야 할 텐데?

그해 여름, 나는 이런 루틴을 무한 반복했다.

잠자리에 들기 전 : '내일 아침에는 꼭 달려야지' 생각한다.

아침 : 도저히 달릴 수 없을 것 같다. 저혈압이라 아침에 뛰는 것은 좋지 않다. 그러니 퇴근 직후에 달리는 것으로 계획을 변경한다.

퇴근 직후 : 아직도 태양이 너무 뜨겁다. 이 뜨거운 태양 아래를 달리는 것은 자칫 자살행위가 될 수도 있다. 저녁 먹고 해가 진 뒤 달리자.

저녁을 먹고 난 후 : 배가 너무 부르다. 이렇게 배가 부르면 뛸 수 없다. 배가 꺼질 때까지 영화나 한 편 볼까?(혹은 책이

나 읽을까?)

배도 꺼지고 밤도 이슥해진 시간 : 이 영화(혹은 이 책) 너무 재미있어서 멈출 수가 없다. 밤에 뛰는 것은 너무 위험하지 않나? 어쩔 수 없네. 내일 아침에는 꼭 달려야지.

이런 공고라도 써 붙이고 싶은 심정이었다.

사람을 찾습니다.
지난여름 프라하, 비엔나, 부다페스트를 달리던
여자 사람을 애타게 찾고 있습니다.
그 사람을 찾아주시거나
결정적인 제보해주시는 분께는 후사하겠습니다.

달리 할 수 있는 것이 없어서 달리기로 했다

달리사고 마음먹고 달리지 않는 것은, 달릴 생각이 전혀 없이 달리지 않는 것보다도 더 해롭다. 달리기를 미룰 때마다 죄책감이 해일처럼 몰려오고, 자존감은 바닥으로 떨어진다. 달리기를 하려고 비워놓은 시간이라 다른 일을 하기도 개운하지 않아 우왕좌왕하다 보면 그냥 시간이 흘러버린다. 노동자는 타임 푸어이다. 시간을 팔아 돈을 버는 존재이기 때문이다. 직장에 묶여있지 않은 그 금쪽같은 시간을 우왕좌왕 날리고 나면 기분은 더 가라앉는다.

이 해로운 상태를 벗어나는 방법은 두 가지뿐이다. 달리기를 내 인생의 선택지에서 지우거나, 아니면 그냥 달리거나. 그래서 선택지에서 달리기를 지우기로 했다. 달려야 한다고 생각하면서 달리지 못하는 날들이 만들어낸 스트레스를 더는 겪고 싶지 않았다.

생각해보니 '이 나이에' 꼭 달리기에 연연할 이유가 없었다. 내 나이대 대부분의 사람들이 전혀 달리지 않고도 잘 사는데 구태여 달리기를 '해야 할 일 목록'에 넣어놓고 마음의 고통을 겪을 이유는 없지 않겠는가. 운동이 필요하다면 다른 운동을 해도 되고. 일단 여기에서 '운동을 하지 않는다'는 선택지는 지웠다. 50대가 되면 운동은 취미의 영역이 아니라 생존의 영역이다. 그런데 뭘 하지?

수영? 일반 직장인과 다른 나의 출퇴근 시간(8시 10분부터 4시 10분까지가 공식 근무시간이다)으로는 새벽 수영도, 저녁 수영도 어렵다. 그냥 자유 수영을 해도 되지만… 다들 알다시피 그건 혼자서 달리기하는 것에 버금가는 고도의 의지력과 실행력을 발동해야 한다. 내가 그만큼의 의지력과 실행력이 없다는 것은 '달리지 못한 세월'이 강력하게 증명하고 있었다.

배드민턴? 탁구? 이건 혼자 할 수 있는 운동이 아니다. 반드시 파트너가 있어야 하기에 운동도 좋아해야 하지만, 사람도 좋아해야 한다. 게임도 즐겨야 하지만 게임 후 즐거운 시간을 보낼 줄 알아야 하는데, 평생 타임 푸어로 살아와서인지 나는 이런 시간을 영 즐길 수가 없다. 사교 능력이 떨어지는 나로서는 스트레스 풀러 운동하러 가서 또 다른 스트레스를 안고 돌아와야 하는 문제가 있다.

등산? 좋다. 정말 좋아한다. 하지만 매일 산에 갈 수 있는 형편이 아니지 않나. 걷기? 역시 좋아한다. 아무 때나 할 수 있고, 혼자서도 할 수 있다. 하지만 격렬함이 떨어진다. 땀이 뚝뚝 떨어지도록 격하게 몸을 움직이고 나서 찾아오는 쾌감이 없다. 요가? 좋다. 그러나 내가 그런 걸 자율적으로 홀로 수행할 수 있는 존재였다면, 애초에 운동 부족을 고민할 일 따위는 생겨나지 않았을 것이다.

이런 식으로 하나하나 따져보자니 결국 다시 달리기만 남았다. 애당초 여러 선택지 가운데 하나가 아니라 그냥 내가 할 수 있(으면 좋겠)는 유일한 선택이 달리기 하나였음을 깨달았다. 그래서 그냥 달리기로 했다.

달린다. 달리러 나갔다 걷고 돌아온다. 아예 달리러 나가지 않는다. 죄책감에 빠져든다. 죄책감에서 벗어나기 위해 달리기를 버리기로 한다. 달리기를 대체할 다른 운동을 찾는다. 없다. 다시 달리기로 결심한다. 이런 우울한 루틴을 거의 열흘 단위로 반복하며 2018년 가을을 다 보냈다.

이 와중에 유일하게 다행이었던 것은 주 2회 근력 운동을 계속하고 있었다는 것이다.

3

제주에서
달리기와 화해하다

제주에서 종합운동장을 만나다

해가 바뀌었다. 52세. 2019년 1월.

친구, 아들과 셋이서 제주 여행을 갔다. 2018년에 제주에서 뭉쳤던 우리 셋은 2019년에도 제주에서 다시 모였다. 여행의 목적은 두 가지. 저녁에는 함께 희곡을 낭독하고 낮에는 원 없이 걷는 것. 하나는 이루어졌고 다른 하나는 완전히 엉뚱한 방향으로 흘러갔다. 이루어진 쪽은 저녁에 하는 희곡 낭독이었다. 세 사람 모두 희곡 낭독을 너무 좋아하는데 다른 곳에서는 그 욕망을 풀 기회가 흔치 않으니 혼신의 힘을 다해 저녁마다 희곡을 읽었다. 완전히 엉뚱한 방향으로 흘러간 것은 걷기 쪽이었다.

제주에 도착한 날, 게스트하우스에 짐을 풀고 동네를 산책하던 도중 종합운동장을 발견했다. 아무나 아무 때나 드나들며 이용하도록 완전 개방된, 정말 완벽한 트랙이 거기 있었다. 시설은 올림픽 급인데(사실 정확한 것은 잘 모른다) 나같이 하찮은 존재에게도 친절히 문을 열어주는 운동장이라니!

트랙 한 바퀴가 몇 미터일지 궁금했다. 나는 그런 게 늘 궁금하다. 다들 그런 게 궁금하지 않나? 아닌가? 달리기 어플을 켜고 한 바퀴를 달려보았다. 500미터! 트랙은 적절한 탄성으로 나의 몸을 받쳐주었고, 두 달 전 새로 장만한 러닝화는 내 생애 만난 러닝화 중 최고였다. 그러니 10바퀴쯤 뛸 수도 있지 않을까? 딱 그만큼만 뛰어봐야지.

나는 종합운동장 트랙에 대한 로망이 있다. 처음 참가했던 마라톤 대회가 잠실에서 열리는 마라톤 대회였던 것도 실은 트랙 때문이었다. 잠실종합운동장의 트랙을 한번 달려보고 싶었는데, 내가 처음 참가했던 그 대회는 마지막에 운동장 트랙을 한 바퀴 돌도록 되어있었다. 아, 잠실운동장을 달릴 수 있어. 이게 나를 달리게 만든 동기였다.

그런데 제주에는 잠실종합운동장과 동급의 운동장이 시민들에게 개방되고 있을 뿐더러(혹시 서울도 시민들에게 그냥 개방

하는데 저만 모르고 있는 걸까요?) 그 좋은 시설을 이용하는 사람도 많지 않아 무척이나 한산했다. 이토록 럭셔리한 달리기 환경이라니! 이 정도 환경에서 달리려면 참가비를 3만 원씩 내고 대회에 참가해야 한다. 그러니까 달릴 때마다 3만 원씩 버는 것이고, 셋이 달리면 9만 원. 열흘이면 90만 원! 그러니 달려야 해. 달리는 게 이득이야.

- 아침에 잠깐 달리면 하루 종일 빈둥거릴 수 있잖아. 걸으려면 하루 종일 움직여야 하는데!

놀라운 것은 이런 말도 안 되는 설득에 아들도 친구도 다 넘어갔다는 것이다. 우리 중 누구 한 명이라도 똑똑하고 맑은 정신을 가지고 있었다면, "그러니까 왜 제주까지 가서 하루 종일 빈둥거리는데?"라는 반문이 나올 법도 하건만 모두 비슷한 정신세계에서 살고 있었던 것인지, 아무도 이의를 제기하는 사람이 없었다.

제주종합운동장 트랙을 매일 달리다

그래서 달렸고 놀라운 일이 벌어졌다. 10바퀴를 달리는 것이 전혀 힘들지 않았다. 심지어 더 뛸 수 있었다. 제주 첫날의 달리기는 7.49킬로미터에서 끝났다. 더 뛸 수 있었지만, 지속가능한 달리기를 위해 '자제'하는 차원에서 멈추었다. 제주에서의 날은 많이 남아있으니까.

7.49킬로미터를 달리고 돌아온 첫날 친구와 아들 앞에서 선언했다. 매일 500미터씩, 그러니까 트랙 한 바퀴씩을 추가해서 제주를 떠나기 전에 10킬로미터를 뛰어보겠노라고. 나는 대회에서 달리기를 할 때 말고는 스스로의 의지로 10킬로미터를 뛰어본 적이 없었다. 10킬로미터가 고통스럽지 않았던 적은 한 번도 없었고 그 고통을 이기고 순전히 그저 뛰어야지, 하는 마음으로 해낼 수 있는 일은 아니라고 생각해왔다. 누군가는 매일 가벼운 마음으로 운동화 끈을 묶고 나가 달릴 수 있는 거리인지 모르겠지만, 적어도 내 이야기는 아니었다. 그런데 어쩌면 이번에는 그게 내 이야기가 될 수도 있을 것 같았다.

다음 날 나는 전날 달렸던 7.49킬로미터 구간을 통과했고 결심한 대로 500미터를 더 달려 8킬로미터 구간을 통과했다. 해냈다! 그런데 이상한 일이었다. 별로 힘들지 않았다. 어쩌면 조금 더 뛸 수 있을지도 몰라. 한 바퀴만 더 달려볼까? 되네. 한 바퀴 더? 이런 식으로 달리다 보니 러닝 타임이 55분을 넘어섰다. 그렇다면 거리는 신경 쓰지 말고 한 시간을 채워볼까? 한 시간을 달리니 9킬로미터를 조금 넘었다. 트랙을 두 바퀴만 더 돌면 10킬로미터를 채울 수 있다는 것을 자각하자 다시 힘이 솟구쳤다. 어쩌면 할 수 있을지도 몰라. 힘들면 그냥 멈추겠다는 마음으로 계속 달렸다. 그렇게 나는 생애 처음으로 대회 달리기가 아닌 '그냥 달리기'에서 10킬로미터를 넘어섰다. 늘 3킬로미터에서 5킬로미터 사이를 오락가락하던 내가 해낸 것이다!

어떻게 갑자기 이런 일이 가능해진 거지? 그동안 제대로 달리지도 않는데 어쩌다 이렇게 잘 달릴 수 있게 된 거지?

그 비밀은 근력 운동. 그동안 해왔던 근력 운동의 효과가 이렇게 나타난 것이다. 왜 태릉선수촌에서 모든 선수들이 종목 불문하고 근력 운동을 하는지 한순간에 깨달았다. 달리기만 계속하면 달리기를 잘할 수 없다고, 수영만 계속하면 수영을 살할 수 없다고, 운동도 편식하면 안 된다고, 누누이 들어왔던 그 이야기를 비로소 이해했다.

실은 제주 달리기의 기적을 경험하기 전에 이미 수영장에서

심상치 않은 경험을 한 바 있었다. 수영장에 가면 20바퀴 정도를 돌고 오는데(그래 봐야 1킬로미터다), 작년 하반기부터 20바퀴가 별로 어렵지 않았다. 전보다 수영을 하는 횟수가 줄었는데도 그랬다. 피트니스 센터의 한 회원은 1년이 넘도록 수영 중급반에서 승급을 못 해 절망 중이었는데 근력 운동을 열심히 하고 나서 바로 다음 달에 상급반으로 승급했다고 좋아했다는 얘기를 들었던 것이 생각났다.

그제야 달리기를 잘하려면 달리는 날 사이사이에 근력 운동이나 수영, 자전거 같은 다른 종목을 섞어주고, 손상되고 피로한 근육이 회복될 수 있도록 휴식 일을 배치하라는 충고가 모든 달리기 책에 나와있었다는 것이 떠올랐다. 나는 '휴식 일을 배치하라'는 충고에만 귀를 기울여 길고 긴 휴식 일 사이에 미미하게 달리는 날을 섞었지만 말이다.

속도를 살짝 떨어뜨리면 즐거움이 찾아온다

제주에서 갑자기 잘 달릴 수 있게 된 두 번째 이유가 있었다. 속도에 대한 집착을 내려놓았기 때문이다. 나는 오랫동안 시속 10킬로미터에 집착했다. 10킬로미터를 한 시간 안에 달리기. 30대의 내 머릿속에 세팅된 마지노선은, 40대를 거쳐 50대에 이르는 동안에도 수정되지 않았다.

생각해보면 욕심도 이런 욕심이 없다. 내가 달리기 특훈을 하고 있는 것도 아니고, 가물에 콩 나듯 가끔 기분 전환 삼아 달려주고 있는 처지에(즉 타고난 것도 없고, 노력도 하지 않으면서) 30대 초반의 기록을 유지해야 한다고, 나란 인간은 그럴 수 있는 인간이라고 우기고 있는 것이니 욕심이 아니고 무엇이랴. 그러니 나의 달리기는 늘 불충분했다. 언제나 시속 10킬로미터에 못 미치는 속도로 달리고 있었으니까.

제주에서 10킬로미터를 어렵지 않게 달릴 수 있었던 비결은 '속도'를 보지 않고, '거리'에 주목한 덕분이었다. 그냥 한 바퀴만 더, 한 바퀴만 더 달리다 보니 10킬로미터였던 것이다. 기록을 확인하니 시속 10킬로미터에 맞추려고 안간힘을 쓸 때와 큰 차이가 없었다. 시속 10킬로미터로 달리려고 애를 쓰다 보면 시속 9.5킬로미터 정도의 속도로 달리게 된다. 100점을 목표로 공부한다고 꼭 100점이 되는 건 아니니까.

그런데 별생각 없이 달렸더니 시속 9킬로미터. 나는 선수가 아니라 그냥 생활러너일 뿐이지 않은가. 달리는 일이 좋아 가끔 달리는 생활러너. 그럼 속도 따위는 잊어버리고 내가 10킬로미터를 달렸다는 사실에만 감격하면 된다. 이건 이것대로 대단한 일이니까.

제주종합운동장에서 처음으로 10킬로미터를 끊고 들어오는 나에게 아들은 진심어린 경탄의 박수를 보내주었다.

– 엄마, 정말 대단해, 정말 대단해.

그냥 하는 말이 아니었다. 진심어린 경탄이었다. 스무 살이 넘은 아들의 진심어린 경탄을 받는 50대 엄마가 그리 흔치는 않을 것이다. 생이 빛나는 순간이 있다면 바로 이런 때일 것이다. 누군가에게는 별것 아닌 10킬로미터일지 모르지만, 그것도 고작 시속 9킬로미터로 달려 만들어낸 10킬로미터일지 모르지만, 적어도 나의 세계에서는 기적이 맞다고 단언한다.

달리는 속도를 떨어뜨렸고, 10킬로미터 강박을 집어던졌고, 속도에 대한 생각을 트랙 저편으로 날려보냈다. 그리고 그냥 달렸다. 지지부진한 50대의 달리기를 그대로 받아들였다. 달리기가 즐거워졌다. 그리고 더 자주 달릴 수 있게 되었다.

제주종합운동장의 트랙은 한 바퀴가 약 500미터다. 목표치인 10킬로미터를 채우려면 20바퀴를 돌아야 한다. 쭉 뻗은 길을 따라 계속 달리는 것과 달리 트랙을 빙빙 돌며 달릴 때 마주치는 어려움은 500미터마다 멈추고 싶은 유혹이 찾아온다는 것이다. 달리기를 어렵게 만드는 것은 늘 멈추어도 될 이유가 충분하다는 점이다. 더 달리는 것이 50대의 무릎에 좋지 않을 것 같고, 너무 무리해서 다음 일정에 무리를 주면 안 될 것 같기도 하다.

500미터마다 내 마음은 요동친다. 겨우 그 고비를 넘어 '다음 한 바퀴'를 돌기 시작하면 새로운 유혹이 방문한다. 이번 유혹은 더 달콤한 목소리로 내게 속삭인다. 훌륭해. 그러니 이번한 바퀴만 더 돌고 멈춰도 괜찮아. 넌 이미 훌륭해.

5킬로미터를 달리고 나면 유혹은 더 강렬해진다. 5킬로미터 정도면 부끄럽지 않은 정도는 되니까. 어느 마라톤 대회에나 5킬로미디 부문이 꼭 있고, 어떤 사람은 그걸 목표로 훈련도 하지 않나. 그럴듯한 달리기의 최소 단위로서 5킬로미터는 어느 정도의 위엄을 갖춘 거리라고 볼 수 있지 않나. 50대가 되어서 좋은 것 중의 하나는 나이 자체로 어떤 일을 하지 않거나 대충 할 핑계가 충분하다는 것이다. 50대에 5킬로미터면 충분한 것 아냐? 내 안의 50대가 끊임없이 나에게 속삭인다. 이게 500미터 트랙 달리기의 어려움이다.

그런데 놀랍게도 바로 그 이유 때문에 500미터 트랙 달리기는 10킬로미터를 쉽게 달릴 수 있도록 도와준다. 다행스럽게도 나는 늘 500미터 정도는 더 뛸 수 있는 상태이다. 걸어서라도 어떻게든 갈 수 있는 거리가 500미터니까. 그러니 한 바퀴만 더 달려보자고 나 자신에게 협상안을 제시한다. 그래, 까짓, 겨우 500미터니까.

만약 트랙 한 바퀴가 1킬로미터나 2킬로미터였다면 유혹은 조금 뜸하게 나를 찾을 테지만, '한 바퀴 더!'를 결심하는 순간 내가 감당해야 할 거리 또한 늘어날 것이다. 다리가 아파도 500미터 정도는 더 달릴 수 있을 것 같지만, 1킬로미터나 2킬로미터라면 문제가 달라진다. 나는 그 정도를 감당할 수 없을 것이라 판단할 테고 나의 달리기는 거기서 멈출 가능성이 몇 배로 높아진다.

글쓰기도 마찬가지인 것 같다. 책 한 권을 써내는 과정을 생각해보자. 기획 단계에서는 의욕이 솟구친다. 새로운 아이디어도 팡팡 터져오른다. 어쩌면 나는 타고난 작가인지도 모르겠다고, 지금껏 내 천직을 놔두고 딴짓을 하며 살아온 것인지도 모르겠다고 생각한다. 한 꼭지 정도는 수월하게 풀리는 것도 같다.

하지만 딱 거기까지다. 나는 절망하고, 분노하고, 다시 절망한다. 그래도 며칠은 노트북을 붙잡고 씨름하며 몇 꼭지를 근근이 써내려가 보지만, 오래가지는 못한다. 읽고 싶은 책은 쌓여있고, 직장 일도 꽤나 바쁘다. 곧 나는 글쓰기의 리듬을 잃어버리고 노트북을 열지 않는 날이 늘어간다. 그러다 보면 원고를 넘기기로 약속한 날이 다가오고, 무슨 수를 써도 마감 내에는 끝낼 수가 없다는 사실에 맞닥뜨린다. 계약금을 반환할 터이니 없던 일로 하자는 메일을 보내고 싶다. 실제로 그런 메일을 보낸 적도 있다. 늘 그런 패턴을 반복하면서 나에 대한 의심이 쌓여갔다. 나는 왜 늘?

얼마 전 새로운 사실을 발견했다. 내가 단행본 원고에서는 이런 지지부진한 패턴을 보이고 있지만 월간지 연재 원고는 착실하게 임무를 클리어하고 있다는 점이있다. '착실하게'라고 써놓고 보니 좀 찔리기는 한다. 마감일을 일주일 정도 어긴 적은 꽤 있었다. 다만 편집자에게 총체적 난국을 만들어놓을 정도로는 가지 않았다. (그렇죠? 그런 거죠, 편집자님?) 그러니 '비교적 착실하게'라고 쓰는 것이 정확한 표현일 것 같다. 가끔씩 들어오는 청탁 원고도 마찬가지다. 그럭저럭 마감 기한을 잘 맞추면서, 어떤 때는 마감일보다 훨씬 이르게 메일 전송 버튼을 누르는 쾌거를 이룩하기도 했다.

이것도 500미터 트랙 달리기의 원리가 아닐까? 500미터 정도는 언제든 더 달릴 수 있듯이, 한 꼭지 정도의 원고는 언제든 쓸 수 있으니까. 앞에 놓인 과제가 만만해 보일 때 더 큰 힘을 낼 수 있는 법이다. 그렇다면 단행본 원고도 500미터 트랙을 20바퀴 도는 것과 같은 방식으로 완수할 수 있지 않을까? 써야 할 원고 매수를 계산하고, 그것을 내가 가용할 수 있는 날들로 나누고, 그렇게 잘게 쪼개어 써나간다면 가능하지 않을까? 이 삶에서 내가 이루고 싶은 것들이 다 마찬가지라고, 그렇게 믿어보려고 한다. 하루의 10킬로미터들이 모여 100킬로미터, 1000킬로미터 누적해서 달릴 수 있는 것처럼 다른 일들도 그러할 것이라고.

책 한 권을 써내는 일에 비하면 10킬로미터 달리기는 껌이다. 적어도 달리기가 고통스러울 때 이 생각을 하면 도움이 되기는 할 것 같다. 세상에나! 내가 어떤 맥락에서건 '10킬로미터 달리기는 껌이다'라고 쓰게 될 날이 오다니!

계속 달리려면 최선을 다하지 않아야 한다

중고등학교 때 체력장 연습을 하고 나면 아이들이 여기저기서 절뚝거리며 비명을 지르는 장면을 수없이 목격했다. 사실 나는 '엄살'일 거라고 생각했다. 나는 조금 뻐근하기는 했지만 그렇게 모양 빠지게 절뚝거리거나 징징거릴 정도는 아니었기 때문이다. 애들이 참 참을성이 없어. 나는 그렇게 생각했다.

10킬로미터를 달리자 어쩌면 그 친구들이 엄살이 아니었을지도 모른다는 생각이 들었다. 각자 체력의 차이는 있지만 누구든 어느 시점에서는 심한 근육통을 느낄 수 있다. 움직이는 것을 좋아하지 않는 사람들에게는 한 시간의 체력장 연습이 그 정도 수준의 근육통을 유발할 수 있는 운동이 될 수도 있었을 것이다. 근육통은 이틀 연속으로 달리자 찾아왔다. 처음에는 허벅지나 종아리가 아팠다. 다음 닐도 달렸다. 팔도 아팠다. 다음 날도 달렸다. 쇄골이 아플 수도 있다니!

통증은 온몸을 휘돌았고, 나는 내내 끙끙거렸다. 잠을 자면서 뒤척이다가 아파서 깨는 일도 있었다. 내 친구는 온몸의 신경다발과 근육다발들이 뛰는 동안 흔들리면서 정리가 되는 것 같다고 주장했다. 헝클어진 국수다발을 위아래로 잘 흔들면 가지런히 정리가 되는 것 같은 원리라고.

내 몸이 국수다발처럼 정리가 되고 있는지는 앞으로도 영영 확인할 길이 없을 테지만 근육통은 일주일이 채 되기 전에 사라졌다. 달리기 전부터 뻣뻣한 다리 때문에 '오늘은 아무래도 5킬로미터도 뛰지 못할 것 같아' 하는 마음으로 달리기를 시작하지만, 달리다 보면 통증은 사라지고 달리고 나면 기분 좋은 피로가 찾아온다.

알 수 없는 열정에 휩싸였던 제주 생활의 마지막 날이 되었다. 우리는 매일 달렸고, 이제 이 거짓말 같은 달리기의 나날도 끝이었다. 나를 괴롭히던 근육통은 사라졌다. 내일은 오늘과 같지 않을 테니 달릴 수 있을 때 실컷 달려두어야지!

5킬로미터쯤 달렸을 때 뭔가 낯선 통증이 느껴졌다. 무릎이 아팠다. 잠깐 아프고 지나갈 줄 알았던 통증은 1킬로미터가 넘도록 이어졌다. 속도를 조금 늦춰보았지만 통증은 여전했다. 이를 어쩌지? 오늘만 참으면 '매일 10킬로미터'의 위업을 달성할 수 있는데. 그러니 참고 달려야 한다고 생각했다. 무엇보다 나와의 약속이니 지켜야 하지 않을까.

그러나 멈추었다. 아주 어려운 일이었다. 목표를 달성하지 못하고 나와의 약속을 지키지 못했다는 사실을 받아들이기가 쉽지 않았다. 하지만 내 몸이 보내는 신호를 받아들였다. 아픔을 참으며 10킬로미터를 채우는 것이 욕심임을 받아들였다. 이만하면 되었다. 8.43킬로미터. 어중간하다. 하지만 모든 것이 딱 떨어질 필요는 없지 않은가. 나와의 약속을 지키지 못했지만 꼭 모든 약속을 지켜야 하는 것은 아니지 않은가. 내가 참고 달린다면 나를 이기는 것이 될 테지만, 내가 나를 이겨서 무엇 하겠는가. 내가 나를 이기는 순간 지는 것도 나일 텐데.

무릎의 통증은 참으면 안 되는 통증이다. 내 몸이 신호를 보내는 중인 것이다. 이제 그만하라는 신호. 내 근육 상태로는 딱 여기까지라고. 더 달리고 싶다면 우선 더 많이 훈련하라고.

서울로 돌아온 나는 전보다는 좀 더 자주 달린다. 제주에서의 달리기가 '축제'였다면 서울에서의 달리기는 '생활'이다. 그래서 약간 아쉬운 지점에서 멈춘다. 오늘의 아쉬움은 내일 달리러 나갈 에너지가 된다. 글쓰기도 그렇다. 약간 아쉬운 지점에서 멈춘다. 조금 더 쓸 수 있을 것 같을 때 멈춘다. 그렇게 하면 내일 또 쓸 수 있다.

시시한 휴가가 진짜 휴가다

겨울 제주에서 달렸던 시간들에 대해 좀 더 첨언을 하려고 한다. 나와 내 친구, 그리고 아들. 우리 셋은 각자의 속도로 각자의 달리기를 했다. 어쩌다 보니 나는 제주에 달리기 전지훈련까지 갔다 온 아줌마가 되었다. 겨울의 제주종합운동장에는 여러 팀들이 전지훈련을 하고 있었고, 어쩌다 보니 우리 셋도 그 틈에 끼어 매일 열심히 달렸다.

펄펄 나는 선수들 사이에서 우리의 지지부진한 달리기는 애잔해 보일 수도 있었을 것이다. 하지만 그들은 강도 높은 훈련 때문에 모두 정신줄을 놓은 상태라 두 명의 아줌마와 한 명의 청년이 어리바리 달리고 있는 모습 따위 눈에 들어오지도 않았을 것이다. 우리는 가장 못 달리는 팀이었지만, 가장 오래 달린 팀이기도 했다. 한 시간씩 달리기를 하고 있는 선수들은 없었다. 게다가 그들은 3~5일이면 운동장에서 모습을 감췄지만 우리는 2주를 그 운동장에서 버텼다. 이 정도면 자랑할 만하지 않나.

안 달리다가 달리려니 근육통이 자리를 옮겨가며 나를 괴롭혔지만 사실 근육통마저도 즐거웠다. 내가 스스로 내 몸을 움직여 지금까지 해왔던 일보다 한 단계 강도 높은 일을 했기 때문에 생겨나는 것이 근육통이니까. 달릴 수 있으니까 근육통도 있는 거다, 생각하니 즐거웠다. 고통이 즐겁다니 변태 아니냐고 물어도 적당한 변명은 떠오르지 않는다. 그때 나는 정말로 근육통을 즐기고 있었다.

밤에는 함께 모여 소리 내어 책을 읽었다. 우리는 이 여행을 위해 희곡집 몇 권을 챙겨왔다. 일단 세탁기에 옷을 넣고 전원 스위치를 누른 뒤 책을 읽기 시작한다. 지지부진한 달리기이지만 달리기는 달리기인지라 매일 땀에 젖은 운동복을 빨아야 한다. 3인분의 운동복을 합치면 양이 제법 많다. 1막을 다 읽고 나면 책을 덮고 세탁실로 간다. 그사이 빨래가 다 돌아가 있다. 그러면 그걸 건조기에 옮겨 넣는다. 그리고 2막을 읽는다. 2막이 끝나고 가보면 건조기가 다 돌아가 있다. 보송보송 마른 빨래를 식당으로 가져와 함께 갠다. 다음 날 밤에는 세탁기가 돌아가는 동안 3막을 읽고 건조기가 작동되는 동안 4막을 읽는다. 그러면 한 권 끝. 이런 루틴으로 매일 밤 희곡을 읽었다.

혹시 엄청 럭셔리해 보이는 이런 전지훈련을 해보고 싶은데 비용 때문에 망설여질 누군가를 위해 털어놓겠다. 2주의 제주 전지훈련에 들어간 비용은 매우 소소하다. 최저가 비행기표를 이용했다. 저렴한데 아침식사까지 제공되는 게스트 하우스에 묵었다. 워낙 저렴한데 2주 연박을 하니 알아서 가격을 더 낮춰주었다. 점심만 사먹고 저녁은 해먹었다. 안 달리던 사람들이 달리니 기운이 다 빠져서 돌아다니고 싶은 생각도 들지 않았다. 아침 먹고 달리고 점심 먹고 낮잠 자고 저녁 먹고 책을 읽었다. 시시해 보이지만 내 생애 최고의 휴가였다. 휴가는 시시해야 진짜 휴가라는 것을 깨달은 것도 이 갑작스러운 제주 달리기 전지훈련 덕분이었다.

그해 여름, 나는 '시시한 진짜 휴가'를 보내기 위해 다시 제주를 찾았다. 이번에는 서귀포에 자리를 잡고, 달리고 요가를 배우고 글을 썼다. 서귀포의 여름은 정말 습하고 더워서 달리기 좋은 조건은 아니었고, 요가는 내가 정말 요가를 못한다는 사실을 깨닫는 계기가 되었을 뿐이며, 글은 출판사를 기쁘게 해줄 만큼의 결과물을 내지 못했다. 다행인 것은 몸도 마음도 가뿐해지고 조금 순해져서 서울로 돌아왔다는 것이다. 앞으로도 휴가는 이렇게 시시하게 보내야겠다고 마음먹으면서 말이다.

4

100일 동안
몸 쓰는 일에 대해
쓰다

전과 같은 스토리가 될까 봐 진심으로 두려웠다

제주 전지훈련을 마치고 의기양양하게 서울로 돌아온 나는 서울에서도 제주에서처럼 달리기를 계속할 수 있으리라 믿어 의심치 않았다. 나는 마음만 먹으면 10킬로미터는 달릴 수 있는 사람이지 않나. 나의 낙관은 하늘을 찌를 정도였다.

돌아온 서울은 추웠다. 곳곳에 얼음이 얼어있고, 한낮에도 뺨을 찢을 듯 칼바람이 불었다. 달리러 나가는 일이 너무 힘들었다. 다시 따뜻한 남쪽 나라로 가고 싶었지만, 이게 여행으로 해결될 문제는 아니지 않나. 게다가 우리는 밥벌이 노동의 근엄한 요구에도 복종해야 한다. 2019년 봄이었다. 3월의 학교는 사직서를 가슴에 품고 살아야 할 만큼 힘겹고, 봄을 맞는 교사의 삶은 깔딱고개를 오르는 것처럼 가파르다. 내 업무는 1년 내내 많지만 3월에 특히 많다. 나는 업무 스트레스가 클수록 달리기에 매달렸다. 일에 지쳐 달리기도 못 하고 산다면 너무 억울할 것 같았다.

제주 '전지훈련'의 약발이 아직 남아있을 때라 그럭저럭 달리기를 이어가고 있었지만, 전지훈련은 전지훈련이고 생활은 생활이다. 제주에서 매일 10킬로미터를 달렸던 기억은 희미해지고, 아침에는 '퇴근하고 달려야지', 퇴근 후에는 '저녁 먹고 달려야지', 저녁 먹으면 '배불러서 안 되겠네. 내일 아침에 달려야지'를 무한반복하는 생활로 점차 되돌아가고 있었다. 주 1~2회를 근근이 달렸다.

어떻게 해야 규칙적으로 달릴 수 있는 사람이 되는 건지 도무지 알 수가 없었다. 의지력이 필요한 것 같은데, 어떻게 해야 의지력을 더 키울 수 있는 건지도 모르겠고, 사실상 여기서 더 의지력을 키우는 것이 가능한 일인지도 의심스러웠다. 매일 출근해서 풀타임 노동을 수행하는 것만으로도 내 의지력의 8할을 쓰고 있는 기분이었다.

직장 일만 있는 것도 아니다. 명색이 작가이다 보니 늘 원고 빚에 짓눌려 산다. 퇴근 후나 주말에는 글을 써야 한다. 글을 쓰려면 충분히 읽어야 하니 책도 읽어야 한다. 교사모임이며 독서클럽이며 내가 좋아서 벌여놓은 일도 주렁주렁 널렸다. 게다가 아무리 남편과 사이좋게 분업을 하고 있다고 해도(실은 남편이 조금 더 많이 하는 것 같다) 해야 할 집안일이라는 것도 존재한다. 그 미션들을 클리어하다 보면 이미 내 의지력의 120퍼센트까지 쓰고 있는 기분이 들었다. 더 이상 끌어 쓸 의지력이 없다.

이상한 일이었다. 이 세상에는 우울증, 고도 비만, 저질 체력의 늪에서 빠져나와 울트라 마라톤이나 철인 3종의 세계로 순간 이동하는 이야기들이 널려있더라만, 왜 나는 안 되는 걸까?

며칠 달리다가 오래도록 중단하고, 또 며칠 달리다가 오래도록 중단하던 루틴으로 되돌아갈까 봐 진심으로 두려웠다. 힘겹게 여기까지 왔는데, 이제야 겨우 웬만큼 달릴 수 있게 되었는데, 이번에는 달리기를 중단하고 싶지 않았다. 바닥부터 다시 달리기를 시작하는 일은 너무 힘들다.

여행지에서는 매일 달릴 수 있는데, 왜 집에 돌아오면 달리지 못하는가? 이 문제를 곰곰이 들여다보았다. 여행 중 달리기의 즐거움은 새로운 코스에 있다. 달리는 동안 눈에 들어오는 풍경은 모두 내가 생전 처음 보는 것들이니 달리면서 겪는 고통을 보상하기에 충분했다. 일상을 벗어난 생활도 크게 작용했을 것 같다. 여행 중에는 심각한 스트레스가 없다. 2주 정도의 단기 여행을 떠난 여행자의 고민거리라면 오늘 점심에는 뭘 먹을까, 내일 묵을 숙소는 쾌적할까, 날씨가 좋아야 할 텐데, 하는 정도다. 우리가 일상에서 경험하는 고통에 비하면 너무나 사소하고 미미하다. 의지력을 발휘할 일이 별로 없으니 남아도는 의지력을 달리기를 하는 데 쓸 수 있다. 하지만 잊지 말아야 할 중요한 것은 달리기를 위해 다른 것을 포기하고 시간을 냈다는 점이다. 이걸 평소에도 적용해보면 어떨까?

일정표에 '나와의 약속'을 살그머니 적어넣었다. 먼저 달리기 일정을 잡고 그다음에 다른 일정을 집어넣어 보기로 했다. 막연히 주 3일은 달려야지 하는 것보다는 월, 수, 금에 달려야지 하는 것이 실천하기 좋고, 월, 수, 금 달려야지 하는 것보다는 그 주의 일정을 살피면서 월요일 7시, 목요일 6시, 일요일 10시에 달리기로 마음먹는 것이 더 실천하기 좋았다. 무슨 일이든 마찬가지일 것이다. 그림을 그리려면 그림 그릴 시간을 내야 하고, 글을 쓰려면 글 쓰는 시간을 내야 한다. 달리기도 마찬가지다. 그래서 나는 시간을 정확히 정하기로 했다.

나와의 약속으로 달리기 시간을 확보하면 두 가지 면에서 좋다. 일단 달리기 시간이 확보되지 않을 정도로 바쁜 일정은 만들지 않게 된다. 너무 당연하게도, 너무 바쁜 일정은 운동할 시간을 내지 못하게 할 뿐만 아니라 몸과 마음을 지치게 한다. 달리기 시간을 확보하기 위해 일정을 관리하기 시작했더니, 몸과 마음을 너무 지치게 하는 일정으로부터 나를 보호하는 효과까지 따라왔다. 누군가 약속을 잡자고 하면 이렇게 대답하면 되는 것이다. "미안하지만, 그날은 약속이 있어서 곤란해." 거짓말을 하는 것도 아니니 마음이 편하다. 일단 나한테 잘하자, 나와의 약속을 잘 지키자, 이렇게 생각하기로 했다.

달리기 시간을 정해둘 때 또 하나 좋은 점은 그 외의 시간에는 스트레스를 받을 일이 없다는 것이다. 막연히 일요일에 뛰기로 하면 아침부터 마음이 어수선해진다. 지금 뛰러 나갈까? 아니야, 점심때가 더 좋을 것 같아. 벌써 세 시네. 이제 달리러 갈까? 이런 식으로 하루 종일 '달려야 하는데…'라는 생각에 사로잡히게 되는 것이다. 뭔가를 해야 하는데, 라고 생각하며 받는 스트레스가 얼마나 큰지는 다들 겪어봐서 알 것이다. 이렇게 달리러 갈까 말까 망설이면서 하루를 보내고 나면 엄청난 피로가 몰려오면서 달리러 나갈 기운이 소진된다. 그래서 달리기를 포기하고, 자책감이 몰려오고, 더 피곤해지고…. 그런데 나와 달릴 시간을 정해놓으면 이런 악마의 연쇄를 피할 수가 있다. 세 시에 달리러 가기로 마음 먹었다면 세 시에만 달리기 생각을 하면 된다.

이렇게 나는 어느 정도 규칙적으로 달리러 나가는 사람으로 서서히 개조가 되어가고 있었다. 하지만 스스로는 알고 있었다. 이건 아주 아슬아슬하게 유지되고 있는 균형이어서 외부에서 어떤 충격이 가해지면 바로 와르르 무너질 습관이라는 것을. 달리기는 아직 완전하게 내 것이 되지 않고, 내 주위를 맴돌고 있을 뿐이다.

그런데 이 문제를 해결하는 돌파구는 의외의 곳에 있었다. 놀랍게도 그 돌파구는 '글쓰기'였다. 꿈에나 생각해보았겠는가, 글쓰기가 달리기의 문제를 해결해줄 거라고. 글쓰기 덕분에 나의 달리기는 완전히 다른 단계로 진입했다.

엉겁결에 100일 글쓰기를 시작하다

도약의 계기는 정말 엉뚱한 곳에서 찾아왔다. 우연히 100일 글쓰기를 시작하게 된 것이다. 시작할 때는 아주 소소했던 어떤 일이 언덕을 굴러 내려오는 눈덩이처럼 커져버린 경험, 누구에게나 있을 것이다. 내게는 100일 글쓰기가 그랬다.

2019년 3월의 어느 날, 3학년 부장 꽃쌀 샘과 3학년 수업 담당인 나는 수다 삼매경에 빠졌다. 나는 마침 『100일 글쓰기 곰사람 프로젝트』를 다 읽은 참이었다. 100일 동안 마늘과 쑥을 먹으며 동굴에서 버텨 곰에서 사람이 된 것처럼 100일 동안 글을 써서 제대로 된 사람으로 거듭나보겠다는 결심을 하고 실천에 옮긴 이야기가 담겨있는 책이다. 우리는 우리 아이들도 100일간 글을 쓰면 꽤 괜찮은 일이 벌어지지 않을까 상상의 나래를 펼쳐보았다.

'학생들이 죽기보다 싫어하지만 하면 정말 좋은 것 3종 세트(토론하기, 책 읽기, 글쓰기)' 중 가장 레벨이 높은 것이 글쓰기이다. 이 프로젝트에 기꺼이 도전하고 실천할 아이들이 몇 명이나 될까 살짝 우려도 되었지만, 30년 가까운 교직 생활을 통해 배우고 단련한 '무림비급'은 '그냥 저지르는 것'이다.

주변 선생님들이 충격을 받을 정도로 놀라운 속도로 프로젝트를 추진했다. 디테일 따위는 없다. 그냥 한다. 일단 하면서 필요한 디테일을 갖춘다. 학생들과 100일 글쓰기 곰사람 프로젝트를 시작하기로 결정했다. 빛의 속도로 프로젝트 참가자를 모집하는 포스터를 만들어서 붙이고 있는데, 꽃쌀 샘의 마음 속에서 양심이라는 놈이 꿈틀거리기 시작했다.

꽃쌀: 선생님, 우리가 먼저 실천하지 않고 학생들에게만 시키는 건 좀 아니지 않나요?
나: 설마, 우리도 해야 할까요?
꽃쌀: 네. 실천으로 모범을 보여야죠. 하고 싶은 사람들을 모아볼까요?
나: (슬쩍 발을 빼고 싶은 마음으로) 선생님이 모아보실래요?

이런 대화를 나누면서도 나는 설마 진짜로 100일 동안 글을 쓰겠다는 어른 사람이 나타날 것이라고는 꿈에도 생각하지 않았다. 학생들이야 자기소개서도 준비하고, 학생부 종합전형에도 대비해야 하니 절박한 마음에서 도전하겠지만, 어른 사람들이 뭐가 아쉬워서 100일 동안 매일 글을 쓰겠다고 덤비겠는가. 그런데 황당한 일이 벌어졌다. 100일 글쓰기를 해보겠다고 덥석 미끼를 무는 어른 사람들이 내 주변에도 있었다!
세상에! 글을 쓰고 싶은 사람이 내 주위에 이렇게 많았다고? 순식간에 4명이 모여서 100일 글쓰기를 하기로 결정했다. 꽃쌀, 얼룩말, 릴리안 그리고 나. 다들 배운 사람들인데, 매일 학생들에게 글쓰기 지도도 하고 있는데, 매일 글 한 편 쓰는 게 뭐 어렵겠어? 이렇게 도도한 마음으로 100일 글쓰기를 시작했다. 규칙은 하나. 매일 쓴다. 어쨌든 쓴다. 그렇게 100일을 써서 곰에서 사람으로 거듭나리라!

여성이 글을 쓰려면 연간 500파운드의 소득과 자기만의 방이 있어야 한다. - 버지니아 울프

우리는 글을 쓸 거니까, 마땅히 자기만의 방이 있어야겠지만, 우리에게는 아직 지상에 '자기만의 방'을 만들 여력이 없었다. 그래서 온라인에 자기만의 방을 만들었다. 비공개 카페 '마음을 다해 대충하는 글쓰기'.

시작은 도도했으나 과정은 처절하다

시작은 사뭇 도도했고 꿈과 희망이 넘쳤다. 학교에서 일하면서 학생들을 위한 프로젝트를 설계하고 진행한 경험이야 차고

넘칠 정도로 많았다. 개인적으로 어떤 것을 결심하고 실행해
본 경험도 드물지 않게 있었다. 그러나 동료들과 함께 우리 스
스로를 위한 프로젝트를 실천해보는 것은 처음이었다. 직장에
서는 학생들을 돌보는 노동을 하고, 퇴근해서는 가족을 돌보
는 노동을 하며 평생을 살아온 우리들은 우리 스스로를 돌보
는 일은 잊고 살아왔던 것이다. 게다가 '함께'라니!

설레는 마음이 나 한 사람의 것만은 아니었던 모양인지, 모
두의 글에는 즐거운 흥분이 담겨있었다.

초대를 받고 시작을 앞두고 주말 동안, 곰에서 사람이 되는
방법에 대해 열심히 공부했다. 곰사람 책을 읽으며 설레다
가, 내가 끝까지 할 수 있을까 두려웠다가 오만가지 감정이
오고갔던 것 같다. … 시작하기가 두려울 뿐! 누군가 손잡아
주면 누구든 더 많은 일을 쉽게 시작할 수 있지 않을까? …
나의 시작을 선배님들이 열어주셨듯이 나도 누군가의 시작
을 열어줄 수 있는 사람이 되고 싶다는 작은 소망이 생기는
'시작의 날'이다. – 릴리안, '시작의 날'

작가로서 살아온 세월이 몇 년이며 글을 써온 세월이 몇 년

인데 100일 글쓰기가 뭐 그렇게 어렵겠는가, 자신만만했다. 『100일 글쓰기 곰사람 프로젝트』를 읽으면서 '참 재미있는 아이디어'라고 생각했다. 100일 글쓰기의 고난을 적은 부분을 읽으면서도 그게 다 글쓰기 훈련이 되어있지 않은 다른 사람들의 이야기일 뿐, 내게도 힘든 일이 될 거라고는 꿈에도 생각하지 못했다.

그것이 얼마나 헛된 생각인지는 일주일이 지나지 않아 밝혀졌다. 50년이 넘게 세상을 살아왔고, 밥벌이의 고됨에 대해서도 익히 알고 있고, 책도 제법 읽었고, 사회 문제를 바라보는 안목과 의식도 있으니 100일을 채울 이야깃거리 없겠는가 싶었다. 그런데 정말 없었다. 약속을 했으니 글을 써야 하는데 써야 할 말이 떠오르지 않았다. 약속했으니 매일 글을 쓰긴 한다. 그런데 생각만큼 쉽지 않았다.

역시… 글감 하이에나…
네 시간째 오늘의 글감이 없어 노트북 앞에 앉아있다. 이제는 너무 졸리다. 하이에나는 먹잇감을 찾지 못하면 굶으면 그만인데, 곰사람이기도 해서 그럴 수가 없다. … 오늘도 글감 하이에나는 이렇게 초라한 먹잇감을 물고 굶주린 배를

움커잡고 잠이 듭니다. – 꽃쌀, '글감 하이에나'

우리는 모두 '글감 하이에나'가 되어버렸다. 쓸 말이 너무 없어서 책을 읽고, 글감을 만들기 위해 공연히 안 하던 짓을 했다. 심지어 일상에서 일어나는 크고 작은 사고들이 반갑기까지 했다. 현관문 잠금장치가 고장 나서 중년의 무거운 몸으로 창문을 넘어 겨우 집에 들어가는 데 성공했던 나는 그 사건 덕분에 하루치 글감을 건졌다며 행복해하기도 했다.

창문 넘어 집에 들어간 52세 아줌마
(얼결에 글감을 건졌다며 혼자 흐뭇해하던 날 쓴 글이다.)

뜻밖의 참사가 일어났다. 현관문 잠금장치가 고장 나서 문이 열리지 않는다. 잠금장치는 경보음을 요란하게 울리더니 생을 마감했다. 내가 어떻게 했을 것 같나? 창문을 넘어 집에 들어갔다. 창문은 잠겨있지 않았고(잘 안 잠근다!) 내가 살고 있는 아파트는 오래된 복도식 아파트라서 크게 어려운 일은 아니었다. 잠시 모양 빠지는 것만 감수한다면 괜찮다.

다만 나는 이제 50대이고, 어제는 10킬로미터를 달렸고,

오늘은 아침과 오후에 합산 14킬로미터를 자전거로 달렸다는 것, 그리고 오전에 격무에 시달렸다는 것. 고로 상태가 그리 좋은 편은 아니었다는 것이 문제이기는 했다. 마감은 원고를 쓰게 하고, 시험은 공부를 하게 하고, 뱃살은 달리기를 하게 하고, 집에 들어가서 자고 싶다는 열망은 담을 넘게 한다. 나는 해냈다! 일단 집에 들어온 뒤 수리점에 연락해서 사람을 부르고, 12만 원을 들여 잠금장치를 교체했다.

잠금장치가 돌연 고장 난 것은 아니다. 계속 삑삑거리며 이상 전조를 보였었는데, 우리 가족은 배터리만 갈아주며 버텼다. 배터리 교체 주기가 지나치게 짧다는 생각을 했지만, 우리는 얘도 사람이나 자동차처럼 점점 연비가 나빠지는 모양이라며 웃었다. 우리 가족은 잠금장치를 달래는 노하우를 공유할 뿐, 잠금장치를 교체할 생각은 아무도 하지 않았다. 그러다 오늘과 같은 참사가 일어난 것이다.

처음 전자식 잠금장치로 교체한 이유는 내가 자꾸 열쇠를 안 가지고 출근했기 때문이다. 아이를 어린이집에서 데리고 왔는데 열쇠가 없는 날이 종종 있었고, 그럴 때마다 나는 창문을 넘어 집에 들어가 문을 열었다. 자꾸 넘다 보니 기술이 향상되어서 내가 생각해도 어이가 없을 정도로 쉽게 창문을 넘었다. 아이는 엄마의 기술 향상을 기뻐하며 복도에서 박수를 쳐주었다. 아이가 박수갈채를 보내면 공연히 나도 으쓱해져서 어렸을 때부터 엄마가 얼마나 담을 잘 넘었는지, 높은 곳에 얼마나 잘 기어 올라갔는지를 상당한 뻥을 섞어서 자랑하기도 했다. 아이가 다른 엄마들은 창문을 넘은 적이 없다는 사실을 알고 얼마나 놀라워했었는지, 우리 엄마는 창문을 잘도 넘는다며 얼마나 자랑했었는지, 이런 기억들이 되살아났다. 애당초 다른 엄마들은 창문을 넘을 일을 만들지 않는다는 것을 아이는 몰랐던 것이다.

열쇠를 잘 잊는 엄마가 키운 아이는 열쇠를 잘 잊는 아이로 자랐다. 아이 혼자 문을 열고 들어와야 하는데 열쇠 챙기는 것을 잊어버리는 일이 종종 일어나자 그제야 전자식 잠금장치를 설치할 생각을 했다. 같은 층의 모든 집이 전자식 잠금장치를 설치하고도 한참이 지난 뒤의 일이었다. 그 이후로는 창문을 넘을 일이 없었다. 그렇게 나의 창문 넘기는 30대를 끝으로 끝난 줄 알았는데, 이제 와 다시 창문을 넘게 될 날이 올 줄이야!

물론 나는 유비무환의 자세로 잘 살피며 주의 깊게 살아서 다시는 이런 일이 일어나지 않게 만들겠다는 결심 같은 것은 하지 않는다. 어차피 닥치면 다 해결하게 되어있는데 미리 잔신경 쓰며 살 필요 없다. 내가 할 수 없는 일을 '결심' 씩이나 해서 나를 괴롭히는 '자해행위' 같은 것은 하지 않으련다. 그리고 얼결에 하루치 글감을 건졌으니 이 또한 즐겁지 아니한가. 글감을 건졌다는 이유 하나만으로 오늘의 참사를 부러워할 사람도 있을 거라고 확신한다. 아무래도 나의 차기작은 『창문 넘어 집에 들어간 52세 아줌마』로 해야 할까보다. 『창문 넘어 도망친 100세 노인』보다 리얼리티가 있어 보이긴 한다.

글쓰기 프로젝트는 쉽게 가고 싶었다

100일 글쓰기에 참가한 다른 멤버들은 진지했는지 모르겠지만, 처음에 나는 좀 건성이었다. 힘든 일도 많으니 이건 좀 쉽게 가고 싶었다. 그래서 처음부터 주제를 정해놓고 "나의 운동 이야기 1, 2, 3" 하는 식으로 글을 썼다. 출근해서 학교 일 하고, 퇴근해서 집안일 하는 것 말고는 딱히 자랑할 것도 내세울 것도 없는 나날인지라 특이사항이라면 운동밖에 없었다. 글쓰기 주제는 자연스럽게 '나의 운동 이야기'가 되었다. 그즈음 내 최대 관심사는 운동이었다. 하루가 다르게 늙어가느라 피곤하다는 말이 입에 붙은 지 오래였다. 퇴근하면 일단 침대에 누워 30분이라도 자고 일어나야 다음 행보가 가능했다.

살아보려고 운동을 시작했다. 피곤한데 안 하던 운동을 하니 더 피곤해지는 악순환이 계속되었지만, 어느 정도 시간이 흐르자 내 몸이 운동에 적응을 해나가는 것을 느낄 수 있었다. 더 분명한 쪽은 몸이 느끼는 만족보다 마음이 느끼는 만족이었다. 다들 하던 운동도 그만두는 나이에, 안 하던 운동을 시작해서 꾸준히 해나가는 아줌마라니, 그 자아 이미지가 내 마음에 쏙 들었던 것이다.

운동 이야기라면 끝도 없이 쓸 수 있을 것 같았다. 오늘은 팔굽혀 펴기, 내일은 윗몸 일으키기, 모레는 달리기, 다시 팔굽혀 펴기, 다시 달리기, 이런 식으로 계속 써나가면 될 테니까. 일종의 운동 일지라고 생각한 것이다. 그래서 처음에는 아주 형식적으로 짤막한 글을 올렸다. 정말 일지처럼. 이렇게.

작년 6월쯤 피트니스를 시작했다. 그것도 일대일로. 이건 나에게 굉장히 이례적인 일이다. 일대일 PT에 대한 그 이전까지의 나의 생각은 이랬다.

1. 나는 피트니스 센터의 기계에 매달려 운동하는 것을 좋아
   하지 않는다. 신선한 공기를 마시며 내 몸이 주가 되어 운
   동하고 싶다.
2. 나는 근력 운동을 좋아하지 않는다. 세상에 밝고 경쾌하
   고 재미있는 운동이 얼마나 많은데 하필 지루한 근력 운
   동이란 말인가.
3. 나는 일대일 코칭을 별로 좋아하지 않는다. 친밀하지 않
   은 일대일의 관계란 얼마나 어색하고 부담스러운가.
4. 50분 수업 비용이 5만 원에 육박한다. 미쳤다. 그 돈이 있
   다면 다른 좋은 일에 써야 한다.

나는 어떤 형태로든 계속 운동을 해왔다. 운동을 쉬어본
적은 없다. 하지만 무리해본 적도 없다. 몸은 크게 나빠지지
않고 그냥저냥 유지되고 있지만 좋아지지도 않았다. 내 나
이에는 나빠지지 않는 게 좋아지는 거야, 이런 믿음으로 별
로 초조해하지도 않았다.

어느 날, 내 삶이 늘 거기서 거기인 것은 늘 같은 행동을 반복하고 있기 때문이라는 생각이 들었다. 무리하지 않고 꾸준히 하는 것이 내 삶의 큰 동력이 되어주고는 있지만, 이게 전부라면 조금 아쉽다. 같은 행동이 아닌 다른 행동을 해보자, 결심하며 선택한 것이 바로 일대일 PT.

그냥 충동적으로 시작했는데, 생각보다 많은 것이 달라졌다. - 100일 글쓰기 시즌 1 첫 번째 글

명색이 작가라는 사람이 이런 글을 써서 올린 것이다.

벗들이 나의 등을 밀어준다

10분도 투자하지 않고 엉터리로 써서 올린 글에 나의 벗들은 성심성의껏 댓글을 달아주었다.

"내 몸이 주가 되어 운동하고 싶다"라… 멋진 표현! 무리하지 않고 꾸준히 하는 샘의 삶의 태도 그 일부라도 따라 해볼까 싶어 곰사람 프로젝트에 첫발을 내딛습니다. - 얼룩말

PT 이야기가 완결되면 우리도 PT의 매력에 홀려 피트니스에 등록하게 되는 건 아닐지… 다음 편을 기대합니다. – 꽃쌀
바뀐 몸매의 비결이 궁금했는데 여기서 상세히 들을 수 있다니 벌써 설레네요. – 릴리안
(독자의 오해를 피하기 위해 분명히 밝히면 내 몸매는 별로 바뀌지 않았다. 릴리안 님이 워낙 섬세한 눈을 가진 사람이라 초미세 변화를 알아차린 것뿐이다.)

이런 댓글을 받고 나니 정신이 번쩍 들었다. 내가 무슨 짓을 하려고 한 거지? 나는 믿음과 애정으로 이 프로젝트를 함께하기로 한 벗들의 우정을 너무 가볍게 생각한 것이다. 다음 날부터 나는 글쓰기에 좀 더 집중하기 시작했다. 매일 연습하니 글쓰기가 더 쉬워져야 하는데 점점 더 어려워지는 것은 무슨 조화인지. 점점 글쓰기에 투자하는 시간이 길어지고, '오늘의 글감'에 대해서 생각하는 시간도 길어졌다. 글을 올리고 나면 '내일은 뭘 쓰지?' 하며 전전긍긍하는 나날이 이어졌다. 나는 날마다 조금씩 더 진지해졌고, 조금씩 더 글쓰기에 빠져들었다.
나의 글쓰기는 전에 없이 즐거웠다. 오늘의 글쓰기가 내일의 글쓰기를 부르는 식이었다. 오늘의 글을 쓰고 있노라면 내

일 하고 싶은 이야기가 떠올라 손이 근질거렸다. 그렇게 마음이 가는 대로 글을 쓰니 내용은 중구난방 춤을 추고, 퇴고를 하지 않다 보니 일주일 뒤쯤 읽어보면 얼굴이 화끈거렸지만, 일단 밀어붙였다. 즐거웠기 때문이다. 쓰고 나면 에너지가 솟구치는 느낌이었다. 보통 글을 쓰고 나면 탈진 상태가 되곤 했는데, 그냥 완성의 기쁨을 위해 참아내던 과정이었는데, 이럴 수가!

어떻게 글을 쓰는 일이 이렇게 즐거울 수가 있지? 나는 두 가지 이유를 찾아냈다.

첫째, 글과 삶이 일치했기 때문이다. 매일 꾸준히 운동하는 것은 그 당시 나의 최대 관심사였다. 내게 운동은 앞으로의 인생이 걸린 문제였다. 글을 쓰기 위해 운동하고, 운동하는 나에 대해 글을 쓰며 다시 다음 날 운동할 힘을 얻었다. 삶이 글을 만들어내고 글을 통해 삶이 바뀌는 경험은 나의 글쓰기를 새로운 차원으로 이끌었다. 그렇게 쓴 글이 다른 글에 비해 '독자에게' 좋은 글이었는지는 잘 모르겠다. 하지만 글을 쓰는 나에게는 참 좋았다. 그러니 즐거울 수밖에.

둘째, 내 글을 읽어주는 벗들의 사려 깊은 댓글 덕분이다. 그들은 100일 내내 한결같았다. 건성으로 읽는 법이 없었다. 언제나 세심하게 정성을 기울여 글을 읽고 무조건적인 지지를 보내주었다. 그런 격려를 받으면 피곤하다고 해서 글쓰기를 빼먹을 수 없다. 무조건 쓰게 된다. 오늘도 써야 어제처럼 폭풍 갈채를 받게 되니까.

어떤 글이든 써서 올리기만 하면 어떻게든 그 글의 좋은 점을 찾아내서 폭풍 같은 지지를 보내주는 벗들과 함께 글쓰기 공동체 활동을 하는 것은 정말 멋진 일이다. 나의 벗들은 내가 더 깊이 생각하고 더 섬세하게 글을 쓰도록 등을 밀어주었다.

'나의 운동 이야기'에서 '몸을 쓰는 일'로

꿈을 꾸었다. 십여 년 이상 줄곧 비슷하게 꾸는 꿈이었는데, 꿈의 결말이 다소 바뀌었다. 내가 100일 글쓰기 프로젝트를 시작한 지 딱 25일째였다.

내가 건물 안으로 들어가려고 하는데, 문이랍시고 있는 것이 높고 좁은 창문 하나뿐이다. 다행히 발을 받칠 받침대도 있고, 적당히 잡을 수 있는 철제 구조물도 있어서 높고 좁은 창문을 아슬아슬하게 통과해 진입에 성공한다. 쉬운 일은 아니지만 결국 성공한다. 실패한 적이 한 번도 없다. 깨어나면 창문을 통과하려고 내가 썼던 근육의 감각들이 생생하게 남아있어서 놀라곤 했다.

이 꿈이 무엇을 의미하는지에 대해 깊이 생각해본 적은 없었다. 대학생 때는 데모를 하다가 쫓기면서 몇 번 담을 넘은 적이 있고, 30대 초반부터 40대 초반까지 근무했던 학교에서는 출근길에 정문까지 빙 돌아가기가 귀찮아서 낮은 담을 몇 번 넘은 적이 있다. 아이를 키우던 시절에는 (앞에서도 말했듯이) 종종 집 열쇠를 잃어버려 복도 쪽 창문을 넘어 집에 들어갔던 일이 몇 번 있었다. 그런 경험들이 꿈으로 나타나는 것이라고 어렴풋이 짐작할 뿐.

이번 꿈에서는 그 창문이 더 높아지고 좁아졌다. 벽은 두꺼워졌다. 생각해보니 꿈을 꾸기 시작한 이래로 그 창문은 점점 높아지고 점점 작아지고 있었다. 창문을 통과하는 일은 점점 더 어려워졌고, 더 고난도의 동작이 필요했다. 그래도 꿈속에서 나는 매번 창문을 넘는 데 성공했다. 그런데 급기야 창문이 내 몸이 절대로 들어갈 수 없는 형태로 등장한 것이다.

처음으로 나는 "저기로는 못 들어가. 제대로 된 문은 어디에 있지?"라고 자문했다. 늘 나 혼자였는데 다른 등장인물이 나타난 것도 처음이었다. 그는 문은 다른 곳에 있는데 며느리가 특이한 것을 좋아해서 이렇게 만들었다며, 어려워 보여도 들어갈 수 있다고 나를 부추겼다. 몇 번 헛손질을 했다. 항상 제때 적당한 자리에 나타나던 철제 구조물들은 나타나지 않고, 노인이 내게 발을 디디라고 조언해준 곳에는 조그만 주방용 수건이 걸려있을 뿐이었다.

결국 포기했다. 그리고 계단을 내려갔다가 돌아오니 그사이 그 높고 작은 창문이 사라지고 창문이 있던 자리에는 우드 패널이 설치되어있고, 예쁜 장식품들이 놓여있었다.

"이젠 아예 문이 없어졌네요. 진짜 문은 어디죠?" 내 질문에 노인이 오른쪽을 가리켰다. 그리로 몸을 돌리는 순간, 나는 잠에서 깨어났다. 내가 문을 제대로 찾았는지, 그 벽 너머에 무엇이 있는지 진심으로 궁금했지만, 꿈은 거기서 끝났다.

이상한 것은 늘 성공하던 이야기가 실패하고 포기한 이야기로 바뀌었는데 무척 통쾌했다는 것이다. 꿈에서일망정 다시는 그 높고 좁은 창문을 통과하기 위해 몸부림치지 않아도 된다고 생각하니 몸과 마음이 가벼워졌다. 나는 내 앞의 과제가 고난도의 아크로바틱한 자세로 좁고 높은 문을 통과하는 일이라 할지라도, 기어이, 대체로 해내는 편이었다. 그런데 꿈은 내게 그럴 필요 없다고, 그렇게 힘들게 그 문을 고집하지 말고 다른 문을 찾거나 요구해도 된다고 말해주는 것 같았다.

100일 글쓰기가 내 꿈을 바꾼 것 같다. 늘 해왔고, 계속 성공하긴 했지만, 날이 갈수록 어려워졌던 방식을 미련 없이 버리고, 새로운 방식을 찾을 용기가 생겨난 것이다. 과거의 방식이 의지력을 짜내어 어떻게든 그 과제를 완수하는 것이었다면 이제는 돌아서는 것도, 다른 길을 찾는 것도, 그만두는 것도 내가 선택할 수 있는 방식임을 받아들이게 된 것 같다. 줄곧 옳다고 믿었던 방식, 내가 선택할 수 있는 유일한 방식이라고 생각했던 방식을 버리는 데는 용기가 필요하다. 내가 지금까지 주로 사용했던 힘과는 다른 종류의 힘도 사용할 수 있는 사람이라는 것을 알게 될 때 용기가 생겨난다.

이 꿈을 계기로 '나의 운동 이야기'라는 글의 제목을 '몸을 쓰는 일'로 바꾸었다. 그동안 쓴 글들을 읽어보면서 실은 내가 '몸을 쓰는 일'에 대해 쓰고 있었음을 깨달았다. 그간 잘 들여다보지 않았던 내 몸을 제대로 보고 잘 쓰지 않았던 내 몸을 성의껏 쓰는 일, 그게 지금 내게 필요한 일이라는 생각이 들었다. 나는 지금까지 몸에 너무 무심한 채로 살아왔다.

어쩌면 나는 달리고, 글을 쓰면서 내 마음의 한가운데로 들어가는 중이었던 건지도 모르겠다. 몸을 쓰는 일, 마음을 쓰는 일, 글을 쓰는 일이 자연스럽게 일체가 되어가고 있다. 과연 나는 문을 찾을 수 있을까? 조만간 새로운 꿈이 나를 방문할 것이라고 믿어본다.

100일 동안 매일 글을 쓰기로 한 약속을 지킨다는 것

신기한 일이었다. 퇴근 후 달리기가 전처럼 어렵지 않았다. 사실 지금도 어렵긴 하다. 매일 달리지 않을 핑계를 찾는다. 갑자기 마라톤 풀코스를 완주하게 되거나 10킬로미터를 50분대에 주파하는 기적은 일어나지 않고 있다. 하지만 나는 그럭저럭 지속적으로 달리는 사람이 되었다. 이즈음부터 '생활러너'라는 말을 하고 다니기 시작했던 것 같다.

처음에는 내게 일어난 이 변화가 제주 전지훈련 덕분이라고 생각했다. 물론 제주에서 달리기만 하면서 보낸 시간은 큰 도움이 되었다. 그 시간을 통해 내가 달릴 수 있는 사람이라는 자신감과 달리기가 선사하는 완벽한 몰입의 즐거움을 몸에 새겼다. 몸이 기억한 것은 머리가 기억한 것보다 훨씬 오래간다.

수영하는 법이나 자전거 타는 법을 몸이 평생 기억하듯이.

그것만으로는 내게 일어난 변화를 설명하기 부족했다. 2퍼센트가 모자란데, 그 2퍼센트가 결정적인 것 같았다. 문화인류학자인 재레드 다이아몬드에 따르면, 인간 DNA는 고릴라와 약 2.3퍼센트, 침팬지나 보노보와는 약 1.6퍼센트 다를 뿐이다. 하지만 그 작은 차이는 얼마나 엄청나고 결정적인가. 나는 나의 변화를 설명할 결정적 2퍼센트를 규명하기 위해 골몰했다. 그걸 알아야 예전으로 돌아가지 않을 것 같아서다.

고민 끝에, 내게 일어난 '작은 기적'이 실은 몸 쓰기에 대한 글쓰기를 매일 하고 있는 덕분이라는 것을 깨달았다. 100일 동안 매일 글을 쓰기로 약속했으니 써야만 했다. 그건 내 소중한 벗들과의 중요한 약속이면서 동시에 나 자신과 맺은 약속이기도 했다. 누군가와의 약속을 쉽게 깨뜨리는 것은 그 사람을 별로 중요하게 생각하지 않은 결과이다. 내가 내 자신과 맺은 약속을 쉽게 깨뜨린다면? 그건 내가 스스로를 중요하게 생각하지 않는다는 의미일 수도 있다.

여기서 중요한 것은 정말로 '매일' 하는 것이다. '거의 매일'과 '매일'은 차원이 다르다. '거의 매일'은 피치 못할 사정을 인정하고 감안하는 것이다. 업무에 지쳐 퇴근 후 손도 까딱할 수 없는 날도 있고, 부부 싸움으로 정신이 피폐해져 굴을 파고 들어가는 날도 있다. 여행을 떠나는 날도 있고, 아파서 앓아눕는 날도 있다. 이런 날 정도는 살짝 피해가면서 쓸 수도 있다, 당신이 한 약속이 '거의 매일' 쓰기였다면. 하지만 '매일' 쓰기로 했다면 문제는 달라진다. 그 모든 사정에도 불구하고, 써야만 하는 것이다.

운도 따라주었다. 100일 글쓰기를 하는 동안 나는 한 번도 크게 아프지 않았고 별다른 사건 사고도 없었다. 이건 분명 감사할 일이다. 반백 년을 살아보니 '오늘도 무사히'라는 말이 얼마나 큰 행운인지 알 것 같다. 오늘 아침 '잘 다녀오세요'라고 인사를 나눈 이를 오늘 저녁에 다시 못 만날 수도 있는 것이 인생 아닌가.

하지만 나도 어느 정도의 노력을 했다. 100일 글쓰기 프로젝트를 완수하는 것을 1순위로 놓고 다른 일들을 정리했다. 그리고 나의 글쓰기 주제가 몸 쓰기인 만큼 매일의 글감을 마련한다는 마음으로 열심히 몸을 썼다.

이렇게 쓰고 보니 내가 엄청난 의지력을 발휘해서 금욕적인 생활을 했을 것 같지만, 실은 그렇지 않다. 100일 글쓰기 프로젝트는 그 자체로 엄청나게 매력적인 일이었기 때문이다. 가벼운 마음으로 시시껄렁하게 프로젝트를 시작했던 나는 날로 민감해졌고, 날로 몰입했으며, 날로 과감해졌다. 몸 쓰기에 대해 쓰면서 보낸 날들은 모든 것이 미션이고 프로젝트 같았다. 하루가 길면서도 짧았다. 여행의 날들처럼.

원하는 것이 있다면 글로 쓰자

늘 몸도 쓰고 글도 쓰며 살았는데, 며칠 몸 쓰기에 대한 글쓰기를 했다고 해서 이런 변화가 나타나는 게 이상하지 않다. 중요한 것은 내가 가장 간절히 원하는 일과 글쓰기를 연결했다는 점이다.

몸 쓰기 따로, 글쓰기 따로일 때는 경험하지 못했던 일들이 많이 일어났다. 몸 쓰기에 대한 생각이 깊어졌고 몸을 쓰는 일이 더 즐거워졌다. 자신감이 생기면서 더 과감하게 도전하고 상상할 수 있게 되었다. 놀라운 것은 글쓰기도 수월해졌다는 것. 관심사와 글쓰기가 일치하는 순간, 그것은 폭발적인 에너지로 전환된다. 때로는 삶을 바꿀 수 있을 정도로.

모든 글쓰기가 그렇지만 몸 쓰기에 대한 글쓰기도 처음에는 아주 흐릿했다. 한두 개의 단상과 모호한 느낌만 있을 뿐이었다. 그런데도 이 주제로 100일을 써보겠다고 선언할 수 있었던 것은 흐릿하고 모호한 생각들이 글을 쓰는 동안 선명하고 촘촘해지는 경험을 여러 차례 했기 때문이다. 글쓰기는 생각의 해상도를 높여준다. 단, 그렇게 되기까지 과정의 고통을 견뎌야 한다. 쓰지 않을 이유는 너무나 많기 때문에 우리는 언제든 글쓰기를 멈추고 고통에서 벗어날 수 있다. 그래서 견디기가 더 어려운 것이다. 달리기를 할 때의 고통이, 달리기를 멈추는 순간 순식간에 사라지기 때문에 매순간 그만 달리고 싶은 욕구에 직면해야 하는 것과 비슷하다.

나는 지금까지 많은 글을 썼다. 하지만 이런 글쓰기는 처음이었다. 계획도 없고, 방향도 없고, 목적도 없는 글쓰기. 그냥 현재의 내 문제에 충실한 글쓰기. 나의 관심사에 딱 맞춰져있는 글쓰기. 내 관심은 오랫동안 내 몸과 내 몸이 할 수 있는 일, 내 몸을 통해 누릴 수 있는 것에 맞춰져있었다. 그렇다면 글은 내 욕망을 따라가야 한다.

'어떤 일을 매일 하고 그걸 매일 글로 쓴다'는 행위가 몸 쓰기에만 한정되는 것은 아닐 것이다. 『피아니스트는 아니지만 매일 피아노를 칩니다』는 피아니스트가 꿈이었던 저자가 성인이 되어 다시 피아노를 배우면서 매일매일 성실하게 피아노를 치고, 그 과정을 글로 쓴 이야기이다.

이 책에서 제일 인상 깊었던 것은, 작가가 피아노를 배우고 매일 피아노를 치기로 마음먹은 이유이다. 그는 "자기 자신에게 잘해주고 싶어서" 피아노를 시작했다고 털어놓는다. 이 대목에서 눈물이 왈칵 솟구쳤다. 나 말고 누가 있겠는가. 내게 가장 잘해줄 사람. 그러니 자신이 욕망하는 것을 조심스럽게 살펴보고, 이제는 그것을 허락하자. 나는 내가 달리고 글을 쓸 수 있도록 허락하고, 배려했다. 매일 규칙적으로 글을 쓰고 운동하는 사람의 삶을 끊임없이 동경해왔는데, 이제 나도 엇비슷하게 그런 모습으로 살게 되었다.

그리고 정말 중요한 생의 비밀을 하나 깨친다. 이루고 싶은 일이 있다면 최소 100일 정도 그것을 글로 써보자. 나의 경우 그냥 몸 쓰기를 할 때보다 그것에 대해 글쓰기를 하던 시기에 더 폭발적인 성장이 이루어졌다. 그러니 무엇이든 이루고 싶은 것이 있다면 그걸 글로 쓰자. 이건 남은 생애 동안 내내 간직하게 될 나의 무림비급이 될 것이다.

사소한 것들은 결코 사소하지 않다

대학생 시절에 나와 친구들은 테트리스에 빠져있었다. 소련에서 만든 게임이라는 것이 우리를 미혹했다. 실은 미 제국주의나 일본 군국주의의 혐의로부터 자유롭다고 생각하니 오락실에서 버튼과 스틱을 조작할 때의 죄의식이 좀 흐릿해졌던 것일지도. 테트리스의 마지막 스테이지를 클리어하면 인터내셔널가(노동자 해방과 사회적 평등을 담고 있는 민중가요)가 나온다는 소문이 돌았다. 우리는 반드시 엔딩을 보고 우리의 단골 오락실에 인터내셔널가가 울려 퍼지게 하고야 말겠다는 일념으로 매일 돈 버리고 시간 버리고 몸 버려가며 테트리스를 했다.

결국 엔딩을 보았다. 내가 해낸 일은 아니다. 내 친구가 해내는 일을 옆에서 지켜보았을 뿐. 이 역사적인 순간을 함께하고 있음에 가슴이 벅차올랐다. 그. 런. 데. 엔딩은 그냥 엔딩이었다. 모스크바에 있다는 양파머리 성당(그게 바실리 성당이었다는 건 그로부터 15년쯤 지난 뒤에 알았다)이 나오며 그냥 조용히 끝난 것이다.

아무런 일도 일어나지 않았다. 우리는 한동안 침묵에 잠겼고, 단골 술집에 가서 술을 꽤 많이 마셨다. 테트리스 엔딩이라는 기념비적인 일을 해낸 친구는 한동안 그 공허함을 견디지 못해 괴로워했다.

100일 글쓰기를 마치던 2019년 7월 9일, 30년이라는 세월의 덮개를 밀쳐 올리며 '테트리스 엔딩 사건'이 기억의 수면으로 솟구쳐 올라왔다. 100일 프로젝트가 완결되는 날이라서? 비슷한 기분이었던 것 같다. 7월 9일은 뭔가 특별할 줄 알았는데 그냥 똑같은 날이다. 크게 달라진 것이 없다. 뭐지, 이건?

생각해보면 우리의 하루하루는 너무 사소하다. 엄청난 일 같은 건 일어나지도 않거니와 매일 엄청난 일이 일어나는 인생을 감당할 자신도 없다. 사소하게 채워지는 매일에 진심으로 감사하며 살아갈 수밖에 없다. 모든 변화와 성장은 매일의 사소함으로 구성되어있다.

나는 매일 소소하게 몸을 쓴다. 100일 동안 몸을 쓰는 일에 대해 글을 쓰면서 나는 이런 사람이 되었다.

출근할 때 자전거를 탄다. 40분 정도 걸린다. 자전거를 대여하고 반납하는 시간 포함이다. 달린 거리는 9킬로미터 내외. 날이 너무 뜨거워져서 요즘은 퇴근할 때 자전거를 잘 타지 않는다. 주말에는 중간중간 쉬면서 2시간 정도 달리기도 한다. 가끔.

주 3~4회 정도 달리기를 한다. 한 번에 달리는 시간은 30분 내외. 달리는 거리는 5킬로미터 남짓. 아주 가끔 7~10킬로 미터를 달릴 때도 있다. 에너지가 치솟거나 번뇌가 차오를 때. 에너지가 치솟는 일도 번뇌가 차오르는 일도 별로 없는 심심한 인생인지라 이렇게 오래 달리는 일은 '아주 가끔'만 일어난다.

주 2회 필라테스를 한다. 여러 사정으로 인하여 피트니스에서 필라테스로 갈아탔다. 한번 가면 50분 정도 운동한다. 역시 대단한 일은 일어나지 않는다. 고관절은 여전히 굳어서 움직이지 않고, 허리뼈는 아직도 굳건하게 찌부러져있다. 근육은 여전히 미미하다. 이렇게 해서 언제 힘이 세질까 싶지만, 그래도 계속한다.

적어놓고 보니 이 글을 쓰기 전에 생각한 것보다도 더 사소하다. 그렇지만 매일 한다. 매일 이 모든 것을 다 하는 것은 아니지만 이 가운데 한 가지는 꼭 한다. 그냥 넘어가는 날은 없다. 내게는 이 일들이 소중하다. 나의 몸과 마음을 더 좋은 상태로 이끌어주기 때문이다. 세상의 많은 것들이 우리를 배신하더라도, 매일매일의 성실한 운동은 나를 배신하지 않을 것이라고 믿는다.

그리고 나는 매일 소소하게 글을 쓴다. 오랫동안 많은 글을 써왔지만, 이렇게 매일 글을 써본 것은 처음이다. 글을 쓰는 데는 보통 30분에서 1시간 정도 걸린다. 그렇게 쓴 글들은 치밀하지도, 체계적이지도 않다. 그래도 쓴다. 생각나는 게 없는 날도 쓰고 쓰기 싫은 날도 쓴다. 그냥 쓴다. 대단히 적게 쓰는 날도 드물고 대단히 많이 쓰는 날도 드물다. 매일매일 고만고만한 글을 쓴다.

그래도 내게는 이 글쓰기가 소중하다. 100일 동안 나는 글쓰기를 몸이 기억하는 습관으로 만들었다. 어떤 일이 습관이 되었는가의 여부는, 그 일을 하려고 마음먹었을 때 거부감이 느껴지지 않는 상태가 되었는지를 보면 된다는 글을 읽은 적이 있다. 지난 100일의 글쓰기 덕분에 글을 쓰려고 컴퓨터 앞에 앉는 일이 별로 두렵지도, 어렵지도 않게 되었다. 아마도 대단한 걸 쓸 필요가 없었기 때문일 것이다. 곰사람 님들은 훌륭한 필자이자 탁월한 독자라서 내게 글 읽는 재미를 주고, 글쓰기에는 자신감을 불어넣어주었다. 이런 사람들을 향해 글을 쓰는 건 정말 편안하고 행복한 경험이었다. 그 덕분에 지나치게 무거웠던 글쓰기의 압박으로부터 벗어나 즐겁게 글을 쓸 수 있게 되었다. 물론 본격적으로 단행본 작업을 시작하면 다시 엄청난 압박에 시달릴 테지만, 전보다는 그 압박을 잘 견딜 수 있게 되었다고 믿는다.

소소한 매일이 모여서 변화가 만들어진다. 그 변화가 너무 소소해서 얼핏 알아차리지 못할 수도 있지만, 잘 살펴보면 그 소소한 변화는 결코 소소하지 않다. 작은 차이는 결코 작지 않다. 이 소소한 변화들 덕분에 나와 내 벗들은 이미 삶의 새로운 단계로 한 걸음 나아갔으니까.

100일 동안 내가 배운 것

1. 이루고 싶은 일이 있다면 최소 100일 정도 그것을 글로 써보자. 그냥 몸 쓰기를 할 때보다, 그것에 대해 글쓰기를 하던 시기에 더 폭발적인 성장이 이루어졌다고 나는 믿는다. 그러니 이루고 싶은 것이 있다면 그걸 글로 쓰자. 이건 남은

생애 동안 내내 간직하게 될 나의 마법 카드가 될 것이다.

2. 이왕이면 믿을 만한 벗들과 함께 하라. 그들은 나의 실천을 무조건 지지해주고 내 글에 한결같은 갈채를 보내주었다. 게다가 적절하고 예의바른 질문을 통해 내가 길을 잃지 않도록 도와주었다.

3. 결심했으면 실행하라. 정말로 100일을 채운 것과 100일쯤 한 것은 완전히 다른 차원이다. 우리는 약속을 했고 그걸 지켰다. 이 정도로 많은 에너지가 드는 약속을 지킬 정도의 신의와 절개라면 어떤 일이든 할 수 있을 것이다.

4. 남은 날도 이렇게 살자. 사실 나는 매일 운동하고, 매일 글을 쓰고, 봄 가을 날씨 좋을 때 여행을 하고 싶어서 휴직을 꿈꿨었다. 그런데 문득 이미 매일 운동하고, 매일 글을 쓰고, 날씨 좋은 봄날 주말이면 여행을 다녔다는 것을 깨달았다. 앞으로 남은 날들도 그렇게 살면 되겠구나.

5. 매일매일은 정말 힘이 세다!

100일 글쓰기 프로젝트가 끝나는 날, 나는 이렇게 썼다.

이 엉뚱한 프로젝트에 참여해서 신의와 절개를 보여준 나의 소중한 벗들에게 감사의 인사를 하고 싶다. 너무 고마울 때는 고맙다고 말하기가 어렵다더니 지금이 그렇다. 너무 고마우니 고맙다는 말로는 부족한 것 같다. 그래도 내가 아는 단어가 그것뿐이니 어쩌겠는가.
지난 100일은 평생을 두고 이야기할 신나는 모험이었다.
확실한 것은, 이게 마지막 모험은 아닐 것이라는 점.
우리는 모두가 즐겁게 성장할 수 있는 새로운 프로젝트를 만들어낼 수 있을 것이다.
우리는 어쩌면 우리도 모르는 사이에 엄청난 전설을 만들어 냈을지도 모른다.

놀랍게도 100일 글쓰기 프로젝트는 지금까지도 계속 이어지고 있다. 100일의 시즌이 끝나면 휴식기를 보내고 다시 새로운 시즌을 시작하는 방식으로.

5

달리기를 하고 싶지만
머뭇거리는 당신에게

더 이상 참을 수 없는 것들이 늘어난다

나이가 들면 몸만 변하는 것이 아니라 마음도 변화를 겪는다. 전에는 너끈히 참아낼 수 있었던 일들을 더 이상 참을 수 없는 순간들이 들이닥치는 것이다.

또래 친구들과 모이면 더 이상 참을 수가 없어서 폭발한 얘기들이 만발한다. 작은 동서네가 챙겨주는 용돈은 극구 사양하면서 자기가 주는 용돈은 냉큼 챙기는 시어머님의 편파적인 태도를 20년이 넘도록 참았는데, 이번에는 정말로 참을 수가 없어서 화를 터뜨렸다는 얘기. 남편의 반찬투정을 그러려니 하고 받아주며 살았는데, 어느 날 국이 짜다는 남편의 말에 머리 꼭대기까지 화가 치밀어 숟가락을 내동댕이치며 소리소리

질렀다는 얘기.

　내 경우도 예외는 아니었다. 시아버지 기일이라 시댁 식구들이 모였다. 얘기는 어린아이를 키우며 출근하는 큰집 조카 이야기로 흘러갔고, 늘 그렇듯이 뻔한 결말을 향해 달려가고 있었다. 엄마가 키운 아이가 정서가 안정되었다는 둥, 모유를 먹여 키워야 한다는 둥, 어린이집에서는 아이를 험하게 다룬다는 둥.

　이런 얘기를 하는 사람들 모두 자기 자식이 아이를 어린이집에 보내며 동동거리며 살고 있는데 어떻게 저런 이야기가 저렇게 쉽게 나올까 싶었다. 나 말고는 다 60대 이상이니 그냥 그런가보다, 저 나이의 사람들은 그렇게 생각하나보다, 그렇게 넘겨왔지만 그날은 그게 잘 되지 않았다.

　"아이를 어린이집에 보내면서 아등바등 키웠는데, 그런 제 앞에서 그렇게 얘기하시면 저 보고 어떡하라는 말씀이세요?" 이렇게 소리치고는 벌떡 일어나 화장실로 갔다. 눈물이 쏟아졌기 때문이다. 그렇게 시작된 눈물은 아무리 다스리려 해도 다스려지지 않았다. 10분 정도 감정을 추스르다가 밖으로 나와 남편에게 말했다. "집에 가자." 남편은 일언반구 하지 않고 나를 따라나섰다.

집으로 오는 차 안에서도 내내 울었다. 아프지도 않고 떼도 쓰지 않고 늘 즐겁게 어린이집을 가던 장한 우리 아들이 안타까워서 울고, 출근하고 공부까지 하느라 동동거리며 살던 30대의 내가 가련해서 울었다. 아이 돌보는 것으로 유세를 부리며, 지 성질에 안 맞으면 아이를 보기로 한 약속을 깨고 성질 내며 나가버리던 그 시절의 남편이 미워서 울었다.

골반이 벌어지지 않아 자연 분만이 어렵다며 수술을 권하는 의사를 뒤로하고 병원을 바꿔가며 자연 분만을 선택했던 나의 고집스러움에 화가 나서도 울었다. 나는 분만실에서 36시간을 진통하며 기어코 자연 분만을 했지만 그 후유증으로 출산 후 일주일도 되지 않아 다시 입원해야 했다. 저만 아이 낳은 것처럼 유난을 떤다며 눈총을 보내는 주변 사람들 때문에 제대로 아프다는 소리도 못 하고 참다가 온몸이 불덩이처럼 열이 오르고 나서야 병원을 찾았고, 출산 후 일주일도 안 되어 다시 입원했던 날의 서러움이 되살아나서 울었다.

아이는 엄마가 키워야 하고, 모유를 먹여 키워야 아이가 건강하고, 출신은 자연 분만이어야 하고, 출산 후 아픔은 당연한 것이니 참고 견뎌야 한다는 사회적 압력 속에서 살아왔던 지난 20년이 너무 서러웠다.

나는 지난 20년 치의 눈물을 오늘 다 뽑아낼 듯 울어댔다. 나중에는 숨이 잘 쉬어지지 않을 정도였다. 그렇게 두 시간을 울었다.

달리기를 할 수 있어서 다행이다

요즘의 나는 쉽게 화가 나고 쉽게 서러워지고 쉽게 눈물을 쏟는다. 그리고 눈물이 한번 쏟아지면 멈출 수가 없다. 울기 시작할 때는 분명 A 때문이었는데, A는 B를 부르고, B는 다시 C를 부르는 식으로 서러움의 연쇄가 계속된다. 울 때마다 몇 십 년 치의 서러움을 담아 눈물을 쏟아내는 것이다. 이런 일들이 자꾸 일어난다. 전에는 참을 수 있었는데, 전에는 웃으며 넘어갈 수 있었는데, 더 이상 그렇게 할 수 없다. 본래 몸과 마음은 하나이다. 몸이 마음의 고통을 견뎌낼 수 없는 상태가 된 것이다. '평정심'이 트레이드마크였던 나는 실종되었다.

이걸 두고 누군가는 '갱년기 우울증'이라고 할지도 모르겠다. 하지만 나에게든, 남에게든 누군가의 마음의 고통에 대해 이런 식으로 간단한 딱지를 붙여버리는 것은 공정하지 못한 일인 것 같다. 우리는 힘겹고 서러운 날들을 견뎌내고 통과하여 지금의 나이에 이르렀다. 나이를 먹어서, 갱년기라 그런 게 아니라, 참을 만큼 참고 견딜 만큼 견뎠기 때문에 마음이 내게 신호를 보내고 있는 것이다. 지금까지는 참고 견뎠지만 이제는 견디지 말고 터뜨리라고, 이제 너부터 보살피라고.

다시, 미친 듯이 눈물을 쏟아냈던 그날로 돌아가보자. 거울을 보니 몸에서 수분이 다 빠져나간 듯, 너무나 조그만해진 내가 보였다. 다시 울음이 터질 것 같았지만 참고 옷을 갈아입었다. 제일 마음에 드는 운동복으로 갈아입고 피트니스 센터로 갔다. 하루 종일 제대로 먹지도 못하고 그렇게 울어댔으니 기운이 하나도 없었지만, 운동을 시작했다. 50분간의 운동을 마치고 집에 돌아갈 때는 무거운 겨울옷을 벗어버리고 봄바람을 맞는 아이처럼 가뿐해졌다. 곧바로 집에 가지 않고 동네를 빙빙 돌면서 가볍게 달렸다.

달리면서 알았다. 그 시절의 나를 위해, 힘겨웠던 그 젊은 여자를 위해 진심으로 안타까워해줄 사람이 필요했다는 것을. 그리고 그 사람이 바로 나 자신이있다는 것도. 수고했다, 박현희! 그리고 무탈하게 잘 자라준 내 아들에게 진심으로 감사했다. 고맙다, 박진서!

〈들장미 소녀 캔디〉의 주제가를 기억하는가? "웃으면서 달려보자 푸른 들을 푸른 하늘 바라보며 노래하자"라는 노랫말과 함께 우리의 주인공 캔디가 들판을 맹렬한 속도로 달리는 장면이 떠오를 것이다. 주인공이라면 이 정도는 되어야 한다. 괴로워도 슬퍼도 울지 않고, 푸른 들을 달려도 헉헉거리지 않아야 주인공 자격이 있다. 이걸 실사 영화로 찍으려면 캔디 역을 맡은 주인공은 고생을 꽤나 해야 할 것이다. 넓은 들판을 맹렬하게 달리는 일도 쉽지 않고, 그 힘겨운 달리기의 끝에 아무렇지 않게 노래까지 부르려면 엄청난 폐활량이 뒷받침되어야 하니까.

미드 〈빅 리틀 라이즈〉를 본 적이 있다. 데이트 강간으로 임신해서 홀로 아이를 키우는 제인(셰일린 우들리), 그리고 완벽한 결혼생활을 하고 있는 것처럼 보이지만 실은 남편의 폭력으로 고통받고 있는 셀레스트(니콜 키드먼)는 바닷가를 함께 달린다. 처음에는 제인 혼자 달리다가 둘 사이에 우정이 싹트고 연대가 형성되자 제인과 셀레스트가 함께 달리는 장면으로 바뀐다. 둘 다 다른 사람에게는 터놓지 못하는 고통과 싸우며 달리기를 한다. 혼자 달리다가 둘이 달리는 이 장면은 둘의 연대를 보여준다. 고통과 싸우는 여자들의 달리기. 달리면서 그들은 고통에 맞설 힘을 키운다. 폭력에 저항하거나 충분히 달아날 수 있을 정도의 튼튼한 몸을 준비하는 과정이기도 하고 내면의 힘을 키우는 과정이기도 하다. 그런 의미에서 달리기만큼, 짧은 시간에 충분한 운동 효과가 있으면서 동시에 자존감을 높여주는 운동은 없는 것 같다. 적어도 내 능력과 경험의 범위 내에서는 그렇다. 영화나 드라마에서 달리는 장면이 자주 등장하는 것은 바로 이 때문일 것이다. (내 눈에만 달리는 장면이 많이 보이나?)

그런데 상상해보라. 주인공이 고통을 이겨내려고, 분노를 억제하려고, 슬픔을 달래려고 달리기를 시작했는데 1킬로미터도 달리지 못하고 헉헉거린다면 그림이 되겠는가. 바로 코미디로 장르를 전환하게 될 것이다. 등장인물이 땀에 흠뻑 젖을 정도로 달릴 수 있어야 스토리가 살아난다.

내가 달리기를 할 수 있어서 참 다행이다. 어쩌면 이런 날을 위해 나는 달리기를 하고 있었는지도 모르겠다. 적어도 내 인생에서는 내가 주인공이고, 주인공이라면 눈물이 쏟아지는 순간에 힘껏 달려줘야 폼이 나는 법이니까. 이럴 때 몇 분 못 뛰고 헉헉거리면 얼마나 모양 빠지겠는가. 안 그래도 우울한데 헉헉거리는 내 모양새 때문에 더 우울해지겠지.

달리기 전 마음속에서 일어나는 일

나는 무수히 많은 시행착오를 거쳤다. 매일 달리면 좋을까 싶어 매일 달리다가 허리가 아파서 고생했던 때도 있고, 주 1회도 달리지 못하고 절망에 빠졌던 때도 있었다. 기분 내킨다고 죽어라 달린 뒤 며칠 달리기에서 멀어진 날도 있었다. 지금은 주 3회 정도 달린다. 한 번 달릴 때 30분에서 40분. 4킬로미터에서 6킬로미터 사이. 그보다 훨씬 적게 달리는 날도 있고 더 많이 달리는 날도 있다. 죄책감에 시달리지 않기 위해 규칙은 '적어도 주 1회는 달린다'로 정했다. 주 1회보다 많이 달린다면 모두 초과달성으로 생각하기로. 그랬더니 늘 초과달성 인생을 살고 있어서 몸도 마음도 즐거워졌다.

이렇게 써놓고 보니 그냥 저절로 달리는 사람이 된 것 같다. 그건 절대 아니다. 나는 매일 마음속에서 전투를 벌인다. 저녁이면 나는 늘 기운이 달리고, 그냥 빈둥거리면서 책이나 읽고 싶어진다.

- 오늘 벌써 15000보 찍었어. 오늘 몸 쓰기는 충분해.
- 한꺼번에 15000보도 아니고, 그게 무슨 운동이야?

- 이번 주는 벌써 세 번이나 뛰었어. 한 주에 세 번 뛰면 이미 훌륭한 거야.
- 바람이 너무 좋잖아. 이런 여름밤이 쉽게 오는 게 아니야. 아깝잖아.

- 요즘은 매일 저녁 날씨가 별로야. 내일 뛰자.
- 내일은 모임 갔다 오면 못 뛸지도 모르는데?

- 어제도 뛰었잖아. 매일 뛰면 근육에 피로가 쌓여서 안 좋대.
- 운동화도 새로 샀는데 아깝지 않아?

이러다 시계를 보면 9시다. 더 늦으면 정말 못 뛸 수도 있다. 벌떡 일어나서 옷을 갈아입고 집을 나선다. 현관문을 열며 생각한다. 딱 한 바퀴만 뛰어야지. 그래도 뛰긴 뛴 거니까. 요즘 내가 달리고 있는 코스는 한 바퀴가 약 750미터이다.

- 그래, 5분만 뛰자.

여기까지가 달리기의 가장 어려운 단계이다. 일단 운동화 신고 나가기. 나는 나가기 싫어하는 나를 달래며 매일 이렇게 중얼거린다. 딱 5분만 뛰자.

마음이 바뀔까 봐 준비 운동도 하지 않는다. 사실 저녁 달리기는 준비 운동을 안 해도 괜찮은 것 같다. 나는 하루 종일 움직였고, 나의 달리기는 충분히 느려서 달리 준비 운동이 필요할 것 같지도 않으니까. 스쿼트를 30개 정도 해주는 것이 가장 좋은 웜업이라는 말을 들었지만 역시 무시한다. 그렇게 힘들게 시작하는 것을 규칙으로 삼으면 나는 일주일에 하루도 달리지 못할 것이다. 달리기 싫은 나는 생각보다 힘도 세고 고집도 세다.

달리면 마음속에서 일어나는 일

달린다. 힘들다. 그래도 참을 만하다. 당연하다. 천천히 750미터를 달린 것뿐이니까. 멈추기에는 좀 아쉽다.

- 그럼, 딱 1킬로미터만 채우자.

계속 달린다. 1킬로미터를 다 채웠더니 코스 중간이라 좀 어중간하다.

　ㅡ 그럼, 두 바퀴를 채우자. 1.5킬로미터, 괜찮네.

계속 달린다. 1킬로미터 정도 달리면 달리기 싫은 나 자신도 체념을 한다. 몸이 달리기 모드로 전환되고 이제는 좀 뛸 만하다. 1.5킬로미터는 너무 어정쩡하다는 생각이 슬며시 고개를 든다.

　ㅡ 네 바퀴로 하자. 딱 3킬로미터. 좋네.

네 바퀴를 달린다. 아직도 달릴 만하다. 일단 달리기 모드로 전환된 몸은 당분간은 나를 받쳐줄 것이다. 이번에는 시간을 확인한다. 20분이 조금 넘었을 뿐이다. 조금 더 달려서 30분을 채우고 싶다.

　ㅡ 딱 30분 채울 때까지만 달리자.

30분을 채웠다. 별로 힘들지는 않은데, 어떻게 할까? 거리를 보니 5킬로미터에서 약간 모자란다.

- 그럼 5킬로미터만 채우자.

5킬로미터를 채웠는데 그 지점이 미묘하다. 6바퀴 돌고 7바퀴 중간이다. 이것도 깔끔하지는 않네.

- 그럼 7바퀴를 채워볼까?

결국 7바퀴를 돌고 달리기를 멈춘다. 천천히 쿨다운을 해주어야 하는데 나는 마지막에 공연히 전력질주를 하는 경향이 있다. 그동안 아껴두었던 힘을 마지막 500미터에 쏟아붓듯 더는 미련이 남지 않게 힘차게 달려준다. 그래봐야 여전히 느릿한 속도다. 내가 '전력'을 쏟아도 속도는 그냥저냥이다. 이 엉성하고 철없는 마무리를 살짝 반성하면서 정리 운동을 한다. 신경 써서 다리를 풀어준다. 왜냐고? 내일도 달리고 싶으니까.

운동 좀 하냐고요? 그럴 리가!

나는 런닝아웃(내가 생활러너임을 밝히는 것)을 하기가 좀 망설여진다. 일단 내 생김새가 달리기와는 천리만리 거리가 멀기도 하거니와 빈말로도 운동 능력이 좋다고 할 수 없는 처지이기 때문이다. 팔팔하던 10대 때도 운동 능력이 별로였는데, 50대가 된 지금 숨겨져있던 엄청난 재능이 뒤늦게 폭발할 리도 없지 않은가.

사람들이 운동 좀 하냐고 물으면, 전 같으면 슬쩍 허풍도 보태고 착각도 버무려서 어느 정도 수준은 되는 양 대답했을지도 모르지만, 그런 허풍과 허영이 나에게도 남에게도 쓸모없는 것임을 알게 된 지금은 그냥 정직하게 대답한다. 잘 못하는데, 그냥 열심히 해요. 상대방은 내가 겸손한 척한다고 굳게 믿는 눈치이지만 상대방이 속으로 생각하는 것까지 내가 어쩔 수는 없는 노릇이다.

나는 큰 공으로 하는 운동을 못한다. 축구? 배구? 농구? 피구? 자세히 물어보지 말길. 다 못하니까. 내세 공이란 '차고 던지며 노는 것'이 아니라 '맞으면 아픈 것'일 뿐이다. 야구는? 야구공은 조그맣지만 너무 사납다. 맞으면 죽을 수도 있다. 탁구만 좀 다르다. 탁구공은 맞아도 별로 아프지 않다. 걔는 작고 사랑스럽게 생겼으니까 친구로 지내도 괜찮을 것 같다.

아무리 나의 체육시간을 거슬러 올라가고, 기억 창고를 탈탈 털어도 그 커다란 공들을 다루는 방법은 한 번도 배운 적이 없는 것 같다. 체육시간에 운동장에 나가면 선생님이 공을 준다. 놀라운 능력을 가진 몇 명만 공을 제대로 다룰 뿐이다. 나는 당연히 놀라운 능력을 가진 몇 명이 아니었고, 잘 못했다. 어떻게 해야 잘할 수 있는지 배운 적이 없다. 좌절이 쌓이고, 자존감은 낮아지고, 체육시간은 어떻게든 피하고 싶은 시간이 된다. 타고난 재능도 없는데 배운 적도 없으니 못하는 것이 당연하다.

그리고 점수를 매긴다. 평가 종목은 주로 평가하기 좋은 것들이다. 줄넘기라면 그냥 줄넘기를 오래 하는 것만으로는 줄을 세울 수 없으니 쌩쌩이도 하고 뒤로 넘기도 하게 한다. 나는 못한다. 이제 겨우 앞으로 줄넘기를 할 수 있게 되었을 뿐이니까. 단거리 달리기도 평가하기 좋다. 100미터를 몇 초에 뛰었는가로 점수를 매기면 누구도 이의를 제기할 수 없다. 봐, 이 초시계를. 넌 20초도 넘게 걸렸어. 좋은 점수를 기대하는 것 자체가 잘못 아냐? 축복받은 유전자를 가진 몇 명에게만 영광이 있으리라. 그 영광은 절대 내 것은 아니었다.

왜 내 주변에는 몸치가 많을까?

신기한 일이 있다. 나도 운동 능력이 하잘 것 없지만, 내 주변에는 몸치가 넘쳐난다. 운동 좀 하느냐고 물으면 하나같이 대답한다. 자기는 몸치라고. 할 줄 아는 운동이라고는 숨쉬기 운동밖에는 없다고. 운동 따위는 해본 적 없다는 대답도 자주 돌아온다. 이상한 일이다. 해보지도 않았는데 자기가 몸치라는 걸 어떻게 알까? 소크라테스 놀이처럼 질문에 질문을 거듭하며 거슬러 올라가면 사람들이 본인이 몸치임을 주장하는 근거를 보통 학창시절에서 찾는다는 것을 알 수 있다.

- 운동회 때 달리기 시합을 하면 늘 꼴찌, 아니면 거꾸로 2등이었어요.
- 철봉에 5초도 못 매달려요.
- 윗몸 일으키기는 한 번도 못 해요.
- 피구가 세상에서 제일 무서웠어요.

- 체육시간이면 배 아프다는 핑계로 나무 그늘에 앉아있기
  만 했어요.

학교를 졸업한 이후에는 어땠는가 물어보면 돌아오는 대답
도 한결 같다.

- 딱히 운동이라고 해본 적이 없어서….

그래도 꼬치꼬치 캐묻다 보면 성인이 되어서 운동을 시도했
다가 처참하게 실패한 일화가 쏟아진다.

- 등산이 좋다고 해서 몇 번 가봤는데, 힘만 들고 하나도 재
  미없어서 관뒀어요.
- 수영을 배우다가 중간에 그만뒀어요.
- 테니스 배우려고 라켓도 사고 운동화도 샀는데, 너무 어렵
  더라고요.
- 탁구를 배우려고 했는데, 제가 너무 못하니까 민폐만 끼치
  는 것 같아서 더는 못하겠더라고요.
- 요가 몇 달 다니다가 관뒀어요. 저는 몸이 너무 뻣뻣해요.

- 헬스클럽 6개월 끊어놓고 세 번 갔어요. 아, 사물함에 넣어 둔 운동화 찾아와야 하는데.

그러면서 덧붙이는 말.

- 운동을 하기는 해야 하는데…. 할 줄 아는 운동이 없네요.

원래 인간이란 몸치로 창조된 것일까, 아니면 유독 내 주변에만 몸치가 많은 걸까? 이 풀리지 않는 의문 앞에서 오랫동안 골치를 썩어왔다. 나 역시 몸치인류의 한 사람으로서, 이 신비로운 현상을 속 시원하게 규명해보고 싶다.

그래서 질문을 바꿔보았다. 이 질문에는 몇 명이나 "그렇다"고 대답할까?

- 수학에 재능이 있다고 생각하세요?
- 그림을 잘 그리나요?

아주 높은 확률로 수학은 내 학창시절을 지옥으로 만든 주범이었으며, 내 손은 저주받은 똥손이라 그림이라고는 도통

그릴 줄 모른다는 대답이 돌아올 것이다.

이쯤 되면 슬금슬금 의심이 올라오지 않는가? 체육을 못하는 것은 저주받은 내 팔다리 때문이 아니라 혹시 체육 때문은 아니었을까? 학교 체육 말이다.

학교 교육은 소수의 몇 명에게만 빛나는 자부심을 선사하고, 대다수의 학생들에게는 절망을 선사하는 것 같다. 1등급이 아닌 학생은 절망하고, 1등급 중에서도 1등이 아니면 좌절한다. 수많은 학생들이 수학 때문에 절망하고 수학 때문에 인생 설계도가 바뀐다. 그리고 졸업과 함께 대부분은 절대로 수학을 하지 않는다. 학교는 1등부터 줄을 세우기 위해 제대로 가르쳐주지도 않고 평가만 한다. 충분히 배워 내 것으로 만들 시간을 주지 않는다. 초등학교 3학년 무렵부터 시작되는 수학포비아는 절대 다수의 마음에 피멍을 남기고 만다.

수학만 그런 줄 알았는데 체육도 그렇지 않은가. 체육시간은 대부분의 사람들에게 "나는 몸치다"라는 자아정체감을 심어주고, 졸업과 동시에 다시는 체육을 하지 않는 사람으로 만들어준다. 내 주변에 자기가 몸치라고 주장하는 사람들이 많은 이유? 범인은 바로 학교였던 것.

어른이 되어도 운동은 어렵기만 하다

어른이 되면? 그래도 어떻게든 운동을 해보려고 시도는 한다. 장비를 사고 강습비를 지불하고 시간을 낸다.

수영을 해볼까? 초급반 레인에서 바글거리던 사람들은 한 달이 채 되기도 전에 1/3 정도가 탈락한다. 강습 몇 주 만에 자유형을 터득하고 수영인으로 거듭나는 사람도 있다지만 소문으로만 들었을 뿐 실제로 만나본 적은 없다. 다음 달이 되면 또 그 정도가 탈락한다. 그다음 달까지 버티면 이제 어떻게든 레인 끝까지 갈 수 있는 상태가 된다. 물론 그 25미터를 가는 동안 수없이 생사의 기로를 오가지만, 어떻게든 수영이라는 것을 할 수 있게 된다. 그런데 세 달째 접어든 강습반에서는 배영, 평영 등 현란한 영법들이 난무한다.

게다가 이쯤에서 무언가 사정이 생긴다. 직장 일이 바빠질 수도 있고, 연애를 시작할 수도 있고, 덜컥 아이가 생길 수도 있다. 다시 스톱. 대부분의 사람들은 다시는 수영장으로 돌아가지 않지만 끈기 있는 몇 명은 다시 수영장로 돌아간다. 백만 광년이 흐른 뒤에 다시 수영을 시작해보지만 안. 된. 다. 다. 까. 먹. 었. 다. 다시 그 지루한 발차기와 음파를 시작한다. 그리고 3개월. 다시 스톱. 이런 일이 반복되면 웬만한 강철 멘탈도 무너진다. 아, 난 몸치야.

그렇다면 등산을 해볼까? 걷는 건 누구나 할 수 있으니까. 게다가 이건 따로 숨 쉬는 법을 배우지 않아도 되잖아? 그래서 따라나선다. 입구부터 지루한 아스팔트길을 걸어 올라간다. 숨이 턱에 차서 곧 죽을 것 같아질 때쯤 등산로가 시작된다. 이제 시작이라고? 난 벌써 죽을 것 같은데? 정상까지 얼마나 남았어요? 뭐라고요, 두 시간 남았다고요? 꼭대기까지 올라가야만 등산인 것은 아니니까 이제 돌아갈까? 다음 주에 다시 등산을 가자는 제안을 받는다. 아직도 다리에 배긴 알이 빠지지 않았고, 계단을 내려갈 때마다 다리 근육들이 비명을 질러대는데 거길 또 가자고? 됐거든요. 몸치는 등산도 어렵구나.

요가를 하러 간다. 여기서도 내 몸은 진가를 발휘한다. 접히지도 않고 꼬아지지도 않는데 길쭉하고 날씬하고 젊은 강사는 자꾸 나보고 접고 꼬라고 한다. 이봐요, 애초에 그런 게 되면 왜 내가 여기까지 왔겠어요. 난 최선을 다하는 중이라고요. 다만 저주받은 내 몸이 내 마음을 표현해주지 못하고 있을 뿐이라고요. 3개월 등록하면 할인을 해준다기에 큰 맘 먹고 질렀지만, 결국 그 기간을 채우지 못하고 요기로서의 길을 접는다.

이 쫄쫄이 요가복은 이제 어쩔 거야? 거실에 펼쳐놓은 요가 매트는 그래도 쓸데가 있네. 누워서 빈둥거릴 때 괜찮아. 요가는 운동 신경 필요 없다고 누가 그랬어?

큰 맘 먹고 시작한 운동은 내게 날카로운 좌절의 상처만 남긴 채 나를 두고 멀어져간다. 수영장에 가면 다들 수영을 하고 산에 가면 다들 등산을 하고 요가원에 가면 다들 요가를 하는데 왜 나만 안 되는 거야. 역시 몸치라서?

게다가 먹고 사는 일의 엄혹함은 한순간도 나를 내버려두지 않는다. 돈을 벌어야 먹고 살 것이 아닌가. 헬스클럽에 등록하거나 필라테스를 배우려고 해도 다 돈이 드는데, 돈 버느라고 돈 쓸 시간이 없네. 그렇다고 돈이 쌓이는 것도 아니다. 다만 배에는 지방이, 마음에는 좌절이 쌓일 뿐이다. 이렇게 우리는 운동에서 멀어진다. 그리고 백만 광년이 흐른 뒤에 무언가를 해보려고 하면 몸이 내 마음을 정면으로 배반하는 현실과 마주하게 된다. 그러면 말한다. 그래, 나는 몸치가 맞아. 학교 체육에서 쌓아올린 몸치 정체감은 사회 체육을 통해 더욱 강화되어 내 몸과 마음을 지배한다. 그.러.나. 정말 우리는 몸치일까?

학교를 졸업했는데도 운동을 하고 있다면
이미 당신은 훌륭하다

진정하고 마음을 추슬러보자. 수영을 하려면 수영이 몸에 익어야 하고 그러자면 절대적으로 필요한 연습량이 있다. 무조건 4개 영법 진도만 나간다고 수영 실력이 느는 것은 아니다. 그러나 돈 받고 강습을 진행하는 입장에서 보자면 계속 자유형만 시킬 수는 없는 노릇 아닌가. 접배평자 골고루 가르쳐야 회원들이 만족한다. 그러니 계속 진도를 나가고 새로운 기술을 가르쳐야 한다. 우리나라의 수영 강습은 회원들이 '독립'하도록 도와주지 않는다. 계속 강습에, 강사에 의존하도록 만든다. 자유 수영 시간이나 자유 수영 레인이 과하게 적게 세팅되어있는 것도 강습 의존적인 수영을 부추긴다.

어떤 영법이라도 익숙해지면 수영을 즐길 수 있게 되고, 그러면 다른 영법에 도전하는 일이 수월해진다. 수영을 하면서 체력이 붙고, 물도 덜 무서워지니까. 만약 당신이 접영을 배우다 포기했다고 해도 그게 몸치라는 뜻은 아니다. 그냥 아직 그만큼을 할 단계가 안 되었다는 것뿐이다. 꾸준히 연습하다 보면 언젠가는 될 수 있다(고 믿으련다). 바쁜 일과 중에 억지로

틈을 내어 수영장에 가고 있다면 이미 그 자체로 대단한 일을 하고 있는 것이다. 집에 가서 텔레비전을 켜고 소파 앞에 널브러질 수도 있고, 치맥과 수다로 시간을 보낼 수도 있는데, 수영하러 가기를 선택했다면 당신은 이미 훌륭하다. 빨리 배우지 못한다고 해서 스스로를 몸치라고 탓할 필요는 없다.

배우는 입장에서는 자신의 부족함에 끊임없이 직면할 수밖에 없다. 우리에게 필요한 것은 탁월한 운동 신경이 아니라 자신의 부족함을 받아들이는 자세이다. 인간은 누구나 수영을 할 수 있다. 충분한 시간과 기회가 주어진다면 누구든 결국 된다. 스스로를 몸치라고 규정하고 좌절의 늪에서 허우적거리기 전에 다시 생각해보자. 기준을 낮추고 자신에게 관대해질 필요가 있다.

<역도요정 김복주>라는 드라마에는 역도 선수들과 리듬체조 선수들 사이의 갈등을 다룬 에피소드가 등장한다. 리듬체조 선수는 무거운 바벨을 들어 올리기 어렵다. 역도 선수는 리듬체조 선수처럼 민첩하게 움직이기가 어렵다. 그렇다고 그들 중 누가 스스로를 몸치라고 생각하겠는가. 역도 선수는 바벨을 들어 올리는 것만 생각하고, 리듬체조 선수는 민첩하고 아름답게 움직이는 것만 생각한다.

우사인 볼트는 황영조처럼 42.195킬로미터를 달릴 수 없을 것이다. 황영조는 우사인 볼트처럼 빠르게 100미터를 달릴 수 없을 것이다. 올림픽 금메달리스트조차 그러한데 우리가 대부분의 운동을 '대체로' 못하는 것은 당연하지 않은가. 그래도 찾아보면 있을 것이다. 그중에 내가 잘하는 것 한 가지가. 그걸 찾기 위해서는 다양한 분야들을 탐색해야 한다. 스스로를 몸치라고 생각하며 아무것도 시도하지 않는다면 인생운동을 찾기는 쉽지 않다.

내 경험에서 우러난 좋은 소식 하나. 근력 운동을 꾸준히 했더니 달리기가 수월해졌다. 달리기가 수월해지자 탁구가 수월해졌다. 근력 운동은 특별한 '운동 신경'을 필요로 하지 않는데 몸 상태를 개선해준다. 무엇부터 시작해야 할지 암담하다면 근력 운동부터 시작해보면 어떨까? 꾸준히 책을 읽는다고 당장 성적이 올라가는 건 아니지만 언젠가는 무언가를 배우기 쉬운 상태로 갈 수 있는 것과 같다. 공부의 출발이 독서라면, 운동의 시작은 근력 운동이다. 그런다고 우리가 보디빌더가 되지는 못할 것이다. 그렇지만 우리가 그런 걸 꿈꾸는 것도 아니지 않나. 그저 지금보다 조금 더 힘을 낼 수 있는 소소한 근육. 그것만 있어도 살아가는 데 큰 힘이 된다.

내 주변에 몸치가 넘쳐나는 이유? 학교가, 이 사회가 자꾸 우리를 그렇게 생각하도록 만들기 때문이다. 소수의 탁월한 사람들을 제외하고는 다 그렇게 생각하도록 구조화된 사회 말이다. 그럼에도 스스로 몸치라서 아무것도 할 수 없다는 생각을 떨쳐버리고 운동을 한다면, 대단한 일을 시작하는 셈이고 이미 혁명의 길에 들어선 것이다. 마음 가득 좌절을 심어주는 이 사회 시스템에 반기를 든 것이니까.

당신이 몸치라고? 그럴 리가!

남자들은 스스로를 몸치라고 하지 않는다

나의 '몸치 탐구'가 계속되면서 새로운 사실을 발견했다. 내 주변의 자칭 몸치들은 하나같이 여자들이다. 남자들이 스스로를 몸치라고 말하는 경우를 나는 거의 보지 못했다. 설마 남자들은 다 운동 신경이 뛰어나서? 그럴 리가!

내가 만난 남자늘은 대부분 자기를 몸치라고 칭하지 않고, 그냥 운동을 별로 즐기지 않는다거나, 요즘은 시간이 없어서 운동을 잘 못 한다고만 얘기했다. 가끔 삐딱하게, 피곤하게 그런 걸 왜 하느냐고 묻는 사람도 있기는 했다.

예를 들면 이런 식이다.

- 배드민턴은 귀찮아서… 탁구라면 괜찮을 것 같기도… 운
동화로 바꿔 신지 않아도 되니까.
- 허리 아픈데 무슨 운동. 너희들이나 열심히 해.
- 기운 없어. 운동 안 해.

귀찮아서 안 하고 아파서 안 할 뿐이지 자신이 운동을 못한
다고는 하지 않는다.

이런 유형도 있다.

- 나 그래도 걷는 건 무진장 잘해.

못하는 게 엄청 많지만 그걸 내세우는 게 아니라 그중에 잘
하는 것을 이야기하는 유형이다.

- 너무 오래 운동을 안 했더니.

지금 운동을 못하는 이유는 너무 오래 운동을 안 했기 때문이라고 생각하는 유형. 이 말의 뒷면에는 왕년에는 나도 운동 좀 했다는 의미가 담겨있다. 이 사람은 내가 같이 배드민턴을 쳐본 남자들 중 가장 배드민턴을 못 치는 사람이었는데 그래도 본인이 운동 신경이 달려서가 아니라 너무 오래 운동을 안 해서라고 얘기했다.

남자들의 세계에서 운동은 매우 중요하다. 운동 잘하는 여자가 또래 집단에서 우상으로 부각되는 일도 가끔은 있지만, 남자들의 세계와는 비교가 불가하다. 축구를 잘하면 인간성이 개 같아도 짱을 먹을 수 있고, 농구를 잘하면 공부 못하는 것 따위는 거론할 가치조차 없는 문제가 된다. 축구를 잘하는데, 농구를 잘하는데 무엇이 문제란 말인가. 그 세계에서 운동 못하는 남자들이 운신할 수 있는 공간은 협소해질 수밖에 없다.

그러니 어떻게든 그 판에 끼어든다. 살아남기 위해서는 운동을 해야 하는 것이다. 그러다 보면 다들 어느 정도는 하게 된다. 당연하다. 계속하는데 계속 끝까지 못하기는 꽤 어렵다. 탁월하게 되는 것은 유전자가 도와줘야 하는 차원의 일이지만 그냥저냥 하는 것은 노력만으로 충분하다. 자신에게 계속 기회를 주는 것이다.

사회적인 분위기도 남자들의 운동에 한몫을 한다. 여학생이 체육시간에 그늘에서 쉬겠다는 요청은 쉽게 허락되지만 남자들은 그렇지 않다. 좋든 싫든 그냥 뛰어야 한다. 게다가 그들은 군대에 간다. 군대에서 몸치라며 몸을 사릴 수 있겠는가. 사회에 나와도 조기축구회니 사회인 야구클럽이니 해서 운동을 할 수 있는 기회가 널렸다. 운동을 별로 좋아하지 않는데 어쩔 수 없이 하는 사람도 상당수일 것이다. 좋든 싫든 계속 기회가 온다.

남자들에게는 늘 공이 주어진다. 그러니 공을 가지고 놀 수 있게 된다. 대부분의 여자들에게 공이 없는 것과는 대조적이다. 남자들에게는 늘 자전거가 주어진다. 그러니 자전거를 탈 수 있게 된다. 자기 자전거가 없어도 친구 자전거가 있으니 얻어 타다 보면 자전거를 탈 수 있게 된다. 대부분의 여자들에게 자전거가 없는 것과는 대조적이다.

게다가 남자들에게는 언제나 자만심을 충족시켜줄 비교 집단이 존재한다. 어찌됐든 여자보다는 잘하니까. 여자보다 힘도 세고, 여자보다 빠르다. 인류의 절반이 나보다 비루한데 스스로를 몸치라고 생각할 이유가 전혀 없지 않은가.

가끔은 남자들에게도 배울 것이 있다

남자들은 스스로를 깎아내리는 발언을 잘 하지 않는다. 자신을 깎아내리는 이야기로 공감을 얻고 친분을 유지하는 것은 여자들의 방식이다. 이런 대화, 어쩐지 익숙하지 않은가.

- 어쩜 그렇게 날씬하세요?
- 아니에요. 제가 배에 살이 얼마나 많은데요. 다 감추고 있는 거예요.

- 그 옷 너무 예쁘네요.
- 이거 인터넷에서 정말 싸게 산 건데….

- 와우, 요리 정말 잘하시네요.
- 맨날 망하다가 오늘 어쩌다 잘됐어요.

남자들은 다르다.

- 어쩜 그렇게 날씬하세요?

- 하하하. 제가 좀 그렇죠. 운동 열심히 합니다.

- 그 옷 너무 예쁘네요.
- 잘 어울리나요? 고마워요.

- 와우, 요리 정말 잘하시네요.
- 제가 원래 한 요리 하죠.

이런 세계에서 '나는 몸치'라는 고해성사가 왜 필요하겠는
가. 아파서, 기운이 없어서, 피곤해서 지금 운동을 못하는 것
이지 원래는 운동을 좀 했다고 말한다. 농구도 축구도 못하지
만 걷는 데 있어서만큼은 자신이 최고라고 말한다. 말만 그렇
게 하는 것이 아니라 정말 그렇게 생각하는 것이다. 적어도 이
문제에 있어서만큼은 남자들의 방식이 맞다고 생각한다. '나는
몸치'라고 뭉뚱그려 자존감을 휴지통에 넣어버릴 일이 아닌 것
이다.

다시 나의 이야기로 돌아가본다. 나는 남들보다 몇 배나 오
랜 시간이 걸려서 배드민턴과 탁구를 익혔다. 정말 암담할 정
도로 못했지만, 이제 배드민턴이나 탁구를 즐길 실력은 된다.

가끔 친구를 만나 탁구장에서 탁구를 치고 있으면 탁구장 관장이 "잘 치시는데 정식으로 배워보시죠"라는 영업성 멘트를 날리기도 한다. 이렇게 된 비결은 단 하나다. 그냥 계속했기 때문이다.

고작 탁구이고 고작 배드민턴일 뿐인데 거기에 내 자존심을 걸 이유는 없다. 이 운동들이 신비로운 것은, 못하는 사람에게도 평등하게 재미와 즐거움을 준다는 것. 그러니 못하더라도 하고 있는 그 순간들을 즐기면서 그냥 하다 보면 하게 된다. 자존심을 세우지 않고 그냥 하는 것, 못한다는 것에 주목하지 않고 하기는 했다는 것에 주목하는 것, 이것이 내가 몸을 쓰는 데서 발휘하는 최대 강점이다.

몸치인 것을 알아차리지 못해서

〈하울의 움직이는 성〉은 내가 아주 좋아하는 애니메이션이다. '성이 움직인나'라는 발상에 매료됐고, 위대한 마법 능력을 가지고 있지만 전혀 그 힘을 깨닫지 못하는 여자 아이 소피의 각성 과정은 더 크게 나를 매혹했다.

자신은 별 볼일 없는 존재라고 철썩같이 믿고 있었던 소피는 알고 보니 대단한 마법사다. 힘들게 마법을 배우느라 다른 마법사 밑에 제자로 들어갈 필요도 없고, 촌스럽게 "아브라카다브라" "수리수리 마수리" 하며 주문을 외울 필요도 없는, 진짜 능력자였던 것. 소피는 그냥 타고난 마법사다. 말만 하면 말하는 대로 이루어지게 만드는 것이 소피의 마법이다. 지팡이에게도, 허수아비에게도, 불꽃에게도 생명을 불어넣을 수 있다.

이런 대단한 마법을 가지고 있으면서도 소피는 그런 능력이 있다는 것을 알아차리지 못한다. 알아차리고 나서도 크게 대단한 능력이라고 생각하지 않는다. 내가 마법사였군. 그런데 그게 어쨌다고? 하는 식. 자신의 마법을 담담하게 받아들이는 소피의 태도에는 자만에 빠지지 않고 겸손하다는 장점도 있지만 자신의 능력을 믿지 못하기 때문에 능력을 충분히 사용하지 못한다는 단점도 있다.

자신의 능력을 믿는 것은 정말 중요하다. 그런데 그게 쉽지 않다. 노래를 잘하고 싶지만 세상에는 노래를 잘하는 사람이 너무 많고, 그 사람들과 비교했을 때 자신의 노래 솜씨는 형편없다고 생각하기 때문이다. 축구를 잘하고 싶지만 세상에는 축구를 잘하는 사람이 너무 많고, 그 사람들과 비교했을 때 자신은 아무리 노력해도 그들의 발끝도 따라가지 못할 것 같다는 생각이 든다. 하지만 자신의 재능을 발견하고 그것을 꽃피우기 위해 많은 시간을 보낸 그 사람들과 지금 출발점에 서있는 나 자신을 비교하는 것은 너무 불공평한 일 아닌가? 누구에게나 서툴게 첫발을 떼어놓는 순간이 있다.

이런 의문이 생길 수 있겠다.

'소피는 자신도 몰랐던 재능을 가지고 있었으니 다행이지만, 누구나 다 그런 마법을 가지고 있는 건 아니잖아요? 재능이 있는 줄 알고 덤볐다가 아무것도 없으면 어떻게 하나요?'

천만의 말씀! 내게 어떤 재능이 있다고 진심으로 믿는 건 그 자체로 커다란 힘을 발휘한다.

나는 음치다. 어렸을 때는 노래를 못 부른다는 사실을 몰랐다. 그래서 기회만 있으면 앞에 나가서 노래를 불렀다. 사람들이 웃어도 왜 웃는지 잘 몰랐던 것 같다. 어느 날 내가 노래를 못 부른다는 것을, 그것도 심하게 못 부른다는 사실을 알게 되었다. 나는 내가 음치라는 것을 인지한 이후 사람들 앞에서 노래를 부르지 않는다. 덕분에 웃음거리가 되는 일을 피할 수 있게 되었다. 하지만 잃어버린 것도 있다. 나는 큰 소리로 노래

하는 즐거움을 잃었다. 혼자 있을 때도 소리 내어 노래를 부르지 않는다. 내가 듣기에도 내 노래가 부끄러우니까. 수 십 년 그렇게 살면서 어떤 일이 벌어졌을까?

나는 노래를 못 부른다. 잘 못 부르는 게 아니라 아예 못 부른다. 너무 오래 노래를 부르지 않아서 노래 부르는 능력이 아예 퇴화해버린 거다. 나는 가끔씩 생각한다. 내가 노래를 잘 못 부르더라도 계속 노래를 불렀다면, 사람들이 비웃든 말든 계속 노래를 불렀다면, 적어도 지금보다는 노래를 잘 부르는 내가 되어있지 않을까?

나는 몸치다. 내가 음치인 것을 몰랐던 것처럼 몸치인 것도 잘 몰랐다. 다들 별 어려움 없이 잘 되는 동작이 왜 내게는 어렵기만 한 것인지, 날아오는 공을 잡으려고 아무리 애를 써도 공은 왜 내 품으로 쏙 들어오지 않고 늘 내 손에 맞고 튀어나가는지 이해할 수 없었다. 나는 내가 운동에 영 재주가 없다는 사실을 몰랐다. 나는 내가 운동을 꽤 한다는 착각을 하면서 평생을 살아왔다.

운이 좋게도, 운동에 서툴다는 사실을 인지하지 못했기 때문에 나는 계속 운동을 할 수 있었다. 마라톤을 하는 사람이 멋져 보이면 마라톤에 도전하고, 탁구를 하는 사람이 근사해 보이면 탁구를 했다. 배드민턴도 하고 수영도 열심히 했다. 달리기를 하는 사람 중에 가장 못 달리는 사람, 탁구를 하는 사람 중에 가장 못하는 사람, 배드민턴을 하는 사람 중에 가장 실력이 안 느는 사람, 수영을 하는 사람 중에 가장 느린 사람, 이 사람이 바로 나다. 하지만 나는 계속 착각 속에 살았다. 나보다 더 잘하는 저 사람은 나보다 더 많이, 더 오래 이 운동을 해왔기 때문이라고 생각하고 시간이 지나면 나도 저들만큼 잘하게 될 거라고 굳게 믿었다.

결과가 궁금한가? 안타깝게도 마라톤에서 엄청난 기록을 세웠다든지, 배드민턴의 고수가 되었다든지 하는 일은 끝내 일어나지 않았다.

그렇다면 나는 실망했을까? 착각 속에 살아온 세월을 원망했을까? 아니다. 그 착각 덕분에 잘하지는 못하지만 어쨌든 이런저런 운동을 할 줄 아는 내가 되었다. 이건 아주 중요한 포인트다. 세월이 흐르고 나이를 먹어 모두 어른이 되면 대부분의 사람들은 아무런 운동도 하지 않고 하루하루를 보낸다. 어른의 세계에는 따로 '체육시간' 같은 것이 없으니까. 그렇게 몸을 움직이지 않고 20년쯤 살다 보면 운동을 제법 하던 사람들도 몸치가 되어있기 마련이다. 사용하지 않는 기계가 녹이 슬듯,

몸이 녹이 슬고 무뎌지는 것은 당연한 일이다. 하지만 학교 체육시간이나 체육 대회 때 늘 민폐만 끼치던 몸치도 20년쯤 꾸준히 운동을 하다 보면 그럭저럭 제대로 움직이는 몸을 갖게 된다.

'애걔, 겨우 그 정도 갖고?'라고 생각하는 사람도 있겠다. 아이유의 노래와 나의 노래를 비교한다면 그렇게 생각할 수도 있겠다. 김연아의 운동과 나의 운동을 비교한다면 그렇게 생각하는 것도 당연하다. 하지만 어제의 나와 오늘의 나를 비교한다면? 못한다고 믿으며 살아온 시간들은 정말로 못한다는 결과를, 할 수 있다는 믿음으로 살아온 시간들은 정말로 할 수 있다는 결과를 가져온다.

우리는 입버릇처럼 말하곤 한다.

"거봐. 내 말이 맞았잖아!"

맞다. 당신 말이 맞다. 왜냐하면 결과는 결과에 대한 예측과 높은 상관관계가 있으니까.

기꺼이 몸을 쓰는 사람이 되기를

중학생 시절에는 아프리카 사바나의 야생동물처럼 아름다운 달리기로 나를 매혹시키더니 젊을 때는 수영장 인명구조 요원까지 했던 친구가 있다. 뉴욕에 살고 있는 그 친구 말로는 한국의 젊은 여자들은 멀리서도 한눈에 알아볼 수 있다고 한다. 걸음걸이가 다르다고. 운동을 제대로 해보지 않아 몸을 쓰는 데 익숙하지 않은 걸음걸이. 미국은 많은 것이 나쁘지만, 여자아이들이 적극적으로 몸을 쓰도록 하는 학교 문화는 정말 마음에 든다고 했다.

나는 가끔 학생들의 체육시간을 훔쳐본다. 그늘에서 수다로 시간을 보내는 여자아이들을 안타깝게 바라보기도 하고, 어정쩡하게 달리는 여자아이들을 보면서 한숨을 쉬기도 한다. 우리 문화는 여학생들의 움직임을 강력하게 제한한다. 아무도 움직이지 말라고 하지는 않지만 문화의 힘은 실로 강력해서 많은 여학생들은 헤어스타일이나 메이크업을 망치며 달리기를 하기보다는, 그늘에서 시간을 보내는 쪽을 선택한다.

지금 내가 가르치고 있는 19살 여자아이들 중 대다수는 생애 마지막 체육시간을 맞이할 것이다. 어떤 결정적인 기회가 없다면 다시는 운동을 하지 않은 채로 남은 생을 보내게 될 수도 있다. 너무나 안타까운 일이다.

그 와중에도 몸을 움직이는 것을 즐기는 여학생들을 간간히 발견한다. 한 아이의 얼굴이 새카맣게 탔기에 어떤 주말을 보내면 얼굴이 그렇게 까맣게 되냐고 물어보았다. 주말마다 보드를 탄단다. 보드 타는 여학생이라니! 너무너무 재미있어서 정신을 차릴 수가 없을 지경이라는 대답까지 들었다.

팔목부터 팔꿈치까지 팔을 고정시키는 보조 장구를 착용한 아이에게 사정을 물으니 운동을 하다가 다쳤단다. 체대 입시 준비도 아니고 그냥 운동 삼아 취미 삼아 합기도를 하고 있다고 한다. 취미 삼아 합기도를 하는 여학생이라니! 초등학교 1학년 때부터 합기도를 했단다. 그렇다면 12년째 합기도를 하고 있다는 얘기다. 대단하다. 합기도가 재미있냐는 내 질문에는 애매하게 웃기만 한다. 별 재미없다는 대답이 한 박자 늦게 나온다. 나는 그 대답을 반만 믿는다. 별 재미도 없는 일을, 꼭 하지 않아도 되는데 12년이나 계속할 수는 없을 테니까.

프레드릭 베크만의 『베어타운』과 『우리와 당신들』(두 소설은 연작이다)에는 성폭행을 당한 여학생 마야가 여선생님에게 격투기를 배우며 고통을 이겨나가고 기어이 성장을 이루어내는 장면이 있다. 어른 여자가 어린 여자아이에게 구원과 연대의 손을 내미는 방법으로 선택한 것이 격투기였다는 것은 의미심장하다.

운동의 효과는 여러 가지가 있지만 가장 큰 효과는 자존감을 회복하는 것이다. 폭력의 피해자는 자존감이 무너지는 위기를 겪을 수밖에 없고, 운동을 통해 자기 몸을 단련해나가는 것은 아주 좋은 해결 방법이라고 생각한다. 내가 그런 소설을 썼다면 고작 달리기였을 텐데, 그건 이 날것의 현실에 비해 너무 간접적인 방식이다. 이럴 때는 격투기가 옳다. 가해자와 가해자를 옹호하는 세상에, 피해자인 자신에게 손가락질하는 사람들에게 주먹을 날리고 싶은 것은 당연하다. 당연히 격투기여야 한다. 나는 격투기로 몸을 단련하는 마야에게 박수를 보내며 이 책을 읽었다. 게다가 자기 제자에게 격투기를 가르칠 수 있는 선생이라니!

교사로서 내가 설정한 꿈, 학생들 앞에서 '저렇게 사는 것도 괜찮구나'라는 생각을 불러일으키는 어른으로 존재하는 것이다. 훗날 이 아이들에게 나의 자취가 무엇으로 남겠는가? 내가 가르쳤던 사회학 개념? 천만의 말씀. 그런 지식들은 짧게는 이번 기말고사, 길게 잡아도 수능과 함께 소멸할 것이다. '저 정도면 어른이 되는 것도 나쁘지 않은데?'라는 '느낌'만 줄 수 있어도, 성공이라고 생각한다. 엘리베이터를 외면하고 계단을 올라 수업에 들어가고, 정해진 수업 시간을 넘기지 않고 쉬는 시간을 빼앗지 않는 것도 나름의 큰 그림 속에서 나온 행동이다. 학생들이 엘리베이터보다는 계단을 선택하는 사람이 되면 좋겠어서, 자기에게 주어진 시간을 최대한 활용하되 때가 되면 반듯하게 물러나는 사람이 되면 좋겠어서.

이번 생에 내가 격투기를 가르칠 수 있는 선생이 될 수는 없겠지만, 몸 쓰기에 관해서는 내가 할 수 있는 일이 있을 것이라고 생각한다. 지지부진하지만 매일 즐겁게 몸을 쓰고, 그 과정에서 몸도 마음도 단단해지고 있는 모습을 아이들에게 보여주는 것도 그중 하나일 것이다. 하지만 거기서 한 걸음 더 나아가고 싶다. 그게 무엇일지는 지금부터 생각해보려고 한다.

바라건대 더 많은 여자아이들이 기꺼이 몸을 쓰고, 거기서 자신의 새로운 가능성을 발견하고, 생의 또 다른 즐거움을 찾을 수 있기를. 여자'아이들'뿐만 아니라 나를 포함한 '어른 여자들'도 그러하기를.

지속가능한 몸 쓰기

몸을 쓰는 일은 너무나 다양하다. 그래서 조언도 많고 충고도 많고 경고도 많다. 권유도 많고 유혹도 많다. 어느 순간부터, 이 다채로운 세계에서 흔들리지 않고 중심을 잘 잡아야 하겠다는 생각이 들었다. 무리하면 부상으로 이어질 수도 있고, 태만하면 영영 몸 쓰기에서 멀어질 수도 있으니 덜하지도 과하지도 않은 수준에서 중심을 잡자. 그러기 위해 내가 항상 기억해야 할 것이 무엇인가를 생각해보았다. (실은 '몸 쓰는 일'을 쓰는 일은 이 문제에 대해 생각해보기 위한 것이라고 할 수도 있다.)

'지속가능한 몸 쓰기'

이것이 가장 최근에 도달한 나의 결론이다.

우리는 왜 운동을 하는가? 몸과 마음의 지속가능성을 높이기 위해서이다. 한순간 반짝하는 몸을 만들려고 운동하는 것이 아니라 오래오래 기능할 수 있는 몸을 만들려고 운동한다. 몸을 움직이는 가운데 마음도 튼튼해지기를 바라면서 운동한다. 그러니 우리가 하는 모든 몸 쓰기는 '지속가능한 몸 쓰기'를 위해 복무하는가 아닌가를 기준으로 판단하면 될 것이다.

나는 생활러너이고 싶고, 자전거 이용자이고 싶고, 틈틈이 덤벨을 들어올리고 거실에서 스트레칭하는 사람이 되고 싶다. 돈이 많이 들고, 공을 많이 들여야 하는 운동은 마음먹기도 쉽지 않고, 실행하기도 쉽지 않기 때문이다. 운동이 생활 깊숙이 들어와 운동과 생활의 경계가 없어질 때 '지속가능한 운동'의 세계가 펼쳐지기 때문이다.

우리 엄마는 매일 맨손체조를 하신다. 우리가 잘 아는 바로 그 음악 "따라라라라 따라라라라 국민체조 시~작!"에 맞추어 맨손체조를 하는 엄마. 초등학교 교사로 재직하실 때는 학교에서 학생들과 함께 매일 국민체조를 하셨고, 은퇴 후에는 집에서 매일 국민체조를 하신다. 90세이신 지금도 매우 정정하신데, 일정 부분 국민체조 덕분이라고 생각한다. 하루도 맨손체조를 거르지 않을 만큼 성실하고 철저하게 자기 관리를 평생 해내고 있는 덕분이라고 하는 것이 더 맞겠지만.

엄마의 맨손체조를 조금 우습게 생각했던 적도 있었다. 저렇게 소소한 몸놀림이 운동이 될까, 싶었던 것이다. 하지만 그것이 무엇이든 수십 년을 매일 지속하는 것의 힘은 매우 강력하다. 아버지가 내게 산을 즐기고 산을 가까이하는 마음을 유산으로 물려주셨다면('마음'만 물려주셨다. 나의 튼튼한 다리는 엄마의 유전자가 열일한 결과다.) 엄마의 유산은 매일 성실하게 정한 규칙을 실천해나가는 삶의 자세라고 생각한다.

스승의 날, 평생을 교사로 사셨던 우리 엄마를 생각하며 성실하게 페달을 밟아 집으로 돌아왔다. 엄마는 오늘도 국민체조로 하루를 시작하셨겠지.

지속가능한 몸 쓰기의 세 가지 조건

1. 돈이 적게 들어야 한다.

골프 붐은 식을 줄을 모른다. 너도나도 골프다. 그러니 왜 골프를 치지 않느냐는 질문도 심심찮게 받는다. 생각해보라. 어떤 사람이 당신에게 왜 마라톤을 하지 않느냐고 물어보면, 이런 미친 놈을 봤나, 하는 식으로 대응할 것이다. 그런데 왜 골프를 치지 않느냐는 질문을 받으면 진지하게 답변을 한다. 그러니까… 제가… 시간이… 환성이… 골프장이… 이렇게 강제적으로 답변을 유도할 수 있다는 건 골프의 권력이 대단하다는 것을 방증한다.

내 생각에 골프가 유행하는 이유는 시장 경제가 사랑하는 운동이기 때문이다. 골프는 돈이 많이 든다. 내가 골프를 치지 않는 가장 큰 이유는 시간과 돈이 너무 많이 들기 때문이다. 그 정도 시간과 돈이면 더 재미있게 할 수 있는 일들이 널렸다. 우리 언니는 돈도 많고 시간도 많다. 이런 조건을 갖춘 언니에게 골프는 적당한 운동이 될 수 있을 것이다. 나는 그렇지 않다. 어떤 운동을 하는데 거기에 들어가는 돈과 시간이 생활에 압박을 주는 수준이라면 지속가능성이 떨어진다.

2. 오래오래 계속할 수 있어야 한다.

다시 말해, 할머니가 되어서도 계속할 수 있어야 한다. 부상의 위험이 적고 강도가 낮은 운동이 적합하다. 수영이나 걷기, 천천히 달리기, 자전거 타기, 춤, 요가 등 부상 걱정을 하지 않고 할 수 있는 운동이 좋은 운동이라고 생각한다. 자전거를 타고 마트에 장을 보러 가는 할머니, 주말 아침이면 천천히 달리기를 하는 할머니…. 할머니가 되어 그렇게 살고 있는 내 모습을 상상해본다. 무리 없이 계속할 수 있고, 할머니의 삶을 멋져 보이게까지 하는 운동을 하고 있으면 더 좋겠다.

3. 온전히 혼자 할 수 있어야 한다.

함께하면 뭐든지 더 즐겁다. 마음도 맞고 속도도 맞고 취향도 맞아서 함께할 수 있는 사람이 가까이에 있다면 그 사람은 복 받은 사람이다. 그러나 모두에게 그런 행운이 주어지는 것은 아니다. 일단 기꺼이 혼자 움직이는 쪽을 선택하라. 그러다가 함께할 사람을 만나면 좋지만 혼자 한다고 해서 즐겁지 않은 것은 아니니 그냥 혼자 하는 쪽이 지속가능성을 높인다.

친구랑 둘이서 달리기를 하기로 했는데, 둘 중 하나에게 무슨 일이 생기면 두 사람의 달리기는 중단될 수밖에 없다. 그리고 한 사람에게 생겨나는 '무슨 일'보다는 두 사람에게 생겨나는 '무슨 일'이 더 많다. 그러니 중단 가능성도 높아진다. 혼자 하면 결심이 흔들려서 실천하기 어렵다고? 꼭 그런 건 아니다. 그냥 처음부터 혼자 한다고 생각하면 정말 속이 편하다. 내가 원할 때 내가 원하는 만큼 운동할 수 있으니까.

특히 마음이 맞지 않는 사람들과 함께하는 고통은 몸 쓰기의 즐거움을 곧바로 상쇄해버린다. 혼자이기를 두려워하는 사람에게 자주 닥치는 재앙이기도 하다. 관계를 형성하고 유지하는 데도 에너지가 필요하다. 다른 것은 몰라서 몸 쓰기만큼은 혼자를 기본값으로 두자. 운동하러 가보라. 다 혼자다.

몇 년 전에 줌바 댄스를 배우러 다녔었는데, 6명의 무리가 몰려온 적이 있다. 처음에는 엄청 재미있게 하는 것 같아 보였다. 그런데 두 명이 자꾸 빠지기 시작했다.(그 둘이 제일 못했다.) 얼마 되지 않아 나머지 네 명도 나오지 않기 시작했다. 이런 일은 어디서든 일어난다.

예전에 테니스를 배울 때였다. 같이 간 친구가 코치와 싸우고는 테니스 라켓을 내던지고 코트를 뛰쳐나갔다. 얼결에, 친구의 라켓을 챙겨서 친구 뒤를 따라간 나는 덩달아 테니스를 포기했다. 그놈의 의리라는 것을 지키느라고. 그 친구랑은 그로부터 얼마 지나지 않아 관계가 끊어졌다. 결국 끝날 관계에 매달리지 말고 테니스에 매달렸다면 지금쯤 테니스를 조금은 칠 줄 아는 내가 되었을 텐데.

생활러너, 생활 요가, 생활 자전거… 일상 속에 깊이 스며드는 몸 쓰기. 지금의 삶에 무리를 주지 않는 몸 쓰기. 그래야 계속할 수 있다. 계속하는 것이 제일 중요하다.

계속하더라도 나는 끝내 멋진 체격의 소유자가 될 수 없을지도 모른다. 괜찮다. 예뻐 보이는 몸이 목표가 아니라 계속 움직일 수 있는 몸이 목표이니까. 계속하더라도 잘하는 날이 끝내 오지 않을 수도 있다. 괜찮다. 잘하는 것을 목표로 삼지 않고 계속하는 것을 목표로 삼았으니 내가 그만두지 않는 한, 나는 계속 목표를 초과달성하는 중일 테니까. 흔들릴 때마다 나는 이런 생각들을 한다.

조바심이 일을 망친다

나는 평생 소나기처럼 운동하고 가뭄처럼 쉬는 패턴으로 운동을 해왔다. 계속 같은 패턴을 반복하면 늘 같은 결과를 만난다. 그래서 패턴을 바꾸기로 했다. 근력 운동과 스트레칭을 하고, 달리기를 했다. 출퇴근을 자전거로 하기 시작했다. (따릉이 만세!) 그렇게 1년 이상이 흘렀다.

그사이 나는 30킬로그램 바벨을 들고 스쿼트를 하고, 4킬로그램 덤벨을 들고 플라이를 할 수 있는 사람이 되었다. 처음에는 나무 막대기를 들고 스쿼트를 하고 1킬로그램 덤벨과 씨름했었다.

그사이 나는 10킬로미터를 아무렇지 않게 뛸 수 있는 사람이 되었고, 5킬로미터 달리기를 주 3회 정도는 할 수 있는 사람이 되었다. 3년 전 이맘 때 나는 달리는 능력을 상실했다는 절망감에 운동장 한구석에 쪼그리고 앉아 통곡을 했었다.

그사이 나는 자전거를 출퇴근 수단으로 이용하는 사람이 되었다. 1년 전만 해도 나는 자전거 타는 것이 아주 서툴렀고 자전거에 대한 외사랑으로 자전거에 대한 원한까지 품고 있었다.

나도 모르는 사이에 놀라운 일이 진행되고 있었다. 스스로 눈치채지 못하고 있었을 뿐이다. 자신에게 일어나는 모든 변화는 본인의 입장에서 보면 서서히 일어나서 잘 알아차리지 못하는 경우가 많다. 그렇기에 우리는 자신도 모르는 사이에 살이 찌고, 자신도 모르는 사이에 몸이 둔해진다. 그런 걸 민감하게 빨리 알아챌 수 있다면 사태가 악화되기 전에 막을 수도 있을 텐데, 우리는 그렇지 못하다.

상태가 좋아지고 있는 것을 민감하게 알아챌 수 있다면 더 열심히 할 수도 있을 텐데, 근육이 늘고 몸 상태가 개선되는 속도도 너무 느려서 우리는 계속 쓸모없는 짓을 하고 있는 것은 아닌가, 하는 회의에 빠져든다. 조바심이 나는 것이다. 조바심의 결말을 우리는 잘 알고 있다. 조바심은 대체로 일을 망친다. 잘 해오던 일을 중단하게 만들고 나쁜 쪽으로 우리를 이끌어간다. 그걸 아는데도 자꾸 조바심에게 진다.

불안은 조바심을 만들고, 조바심은 일을 망친다. 오이디푸

스는 자신이 아버지를 죽이고 어머니와 결혼할 것이라는 신탁을 듣고 불안을 견디지 못해 운명으로부터 달아난다. 전속력으로 운명으로부터 달아났지만 결과적으로 불운한 운명을 향해 전속력으로 달려간 셈이다. 코린토스를 뒤로하고 전속력으로 도망친 테베에서 그는 아버지를 죽이고 어머니와 결혼하게 된다. 그냥 코린토스에 있었으면 일어나지 않았을 일이다.

신화 속 주인공들에게 따지고 들 문제는 아니지만, 결국 비극적인 운명의 수레바퀴를 돌린 건 자기 자신이었다. 아크리시오스가 딸을 청동 방에 가두지 않았다면 그것이 제우스의 눈에 띌 이유가 없었고, 라이오스가 아들을 평상시처럼 키웠다면 그 아들이 아버지를 몰라보고 살해하는 일도 없었을 것이다. 신탁이나 예언은 자기를 실현하기 위해 딱 한 가지 일만을 했다. 그것은 주인공들을 초조하게 만든 것이다. 그러면 파국에 대한 초조감이 상황을 파국으로 이끌어간다.
– 『철학자와 하녀』

조바심 내지 말아야겠다고 마음을 다잡곤 하는데, 생각해보면 이건 마음가짐의 문제라기보다 배움의 문제인 것 같다. 잘 아는 상황에서는 어려움은 있어도 불안은 없기 때문이다.

적어도 이번에는 무심함이 조바심을 이겼다. 꾸준히 하고 있다. 오늘 날씨가 어떤지, 오늘 내 컨디션은 어떤지, 퇴근 후 일정은 어떤지, 이런 것들에 대해 많이 따져보지 않고 하려고 마음먹었던 일들을 한다. 결과에 연연하지 않고, 마음먹은 일을 묵묵히 하는 것. 이것이 중요하다는 것을 내 몸이 기억하도록 만드는 데 일단은 성공한 것 같다. 실은 이것이 지난 2년간 몸 쓰기를 통해 내가 획득한 가장 큰 깨달음이다.

운동을 하자 평화가 찾아왔다

운동을 열심히 하면서 나타난 가장 큰 변화는 삶이 단순해졌다는 것이다. '운동할 시간'을 만드는 게 운동하는 데 가장 중요한 요소라고 생각하면서, 운동할 시간을 방해하는 요소들을 가급적 배제하려고 애쓴 것 같다. 별로 내키지 않는 강의, 별로 반갑지 않은 만남, 별로 즐겁지 않은 스몰토크의 자리들을 거절했다. 내가 마음대로 쓸 수 있는 시간을 최대한 많이 확보하고 싶었다.

자꾸 무언가를 배우러 다니던 습관을 버렸다. 배움은 평생 지속되어야 하지만 그것이 다른 사람의 강의를 듣는 걸 의미하지는 않는다는 것을 명확히 했다. 무언가를 시작하거나 잘하고 싶을 때, 배우는 것부터 시작하는 것은 별로 좋은 방법이 아니라는 건 진작부터 알고 있었다. 소설을 쓰고 싶다면 소설 작법 강의를 듣기 전에 일단 소설을 써보는 것이 맞다. 그런데도 자꾸 무언가를 배우러 다녔던 것은 일종의 회피였던 것이다. 배우러 다니는 일이 운동 시간을 확보하는 데 방해가 되기 시작하자, 내가 배움 속으로 도망칠 때도 있었음을 인정할 수 있게 되었다. 그리고 적절하게 그만둘 수 있게 되었다.

집에서 스트레칭을 할 때 거실의 큰 소파와 테이블이 방해가 되길래 과감하게 내다버렸다. 그 자리에 작은 테이블을 놓고 남은 자리에는 요가매트를 깔아두었다. 요가매트를 계속 깔아두면 하루에 한 번이라도 매트 위에서 뭔가를 할 수 있다는 것도 알게 되었다.

아침에 자전거를 타려면 일찍 출발해야 하니 아침 식사를 단순화했고, 저녁에 달리러 나가려면 서녁을 푸짐하게 먹는 것이 큰 방해가 되기 때문에 저녁 식사를 단순화했다. 배가 부르면 절대로 뛸 수 없다! 배가 꺼지기를 기다리다 보면 너무 늦은 시간이 되고, 그런 날은 달리기 싫은 내가 이기는 날이다. 그런 참사를 막기 위해서는 식사를 간단하게 하거나 운동을 마치고 간단히 하기로 했다.

가장 큰 변화는 마음의 평화가 커졌다는 것. 다른 사람들에게 나의 운동에 대해 별로 이야기하지는 않는다. 다른 사람들은 나의 운동에 대해 잘 모른다. 별로 얘기하고 싶은 생각도 없다. 그러니까 운동은 나만의 비밀스러운 보물 상자 같은 것이다. 내게는 남들은 모르는 나만의 보물 상자가 있고, 나는 그걸 매일 공들여 채워넣는 중이다. 부정적인 마음이 생겨날 때, 나는 속으로 생각한다.

- 난 10킬로미터를 달릴 수 있어. 난 그런 사람이야.
- 나는 매일 운동으로 나를 보살펴. 그렇게 소중히 돌보는 존재가 바로 나라고.

이런 생각들은 나를 싱싱하게 되살아나게 한다. 그리고 웬만한 것은 별문제가 되지 않는다.

매일 운동하며 내가 더 무심해질 수 있기를, 그리하여 정말 소중한 것에만 나의 몸과 마음의 에너지를 집중할 수 있게 되기를 꿈꾼다. 명상이란 것을 해본 적이 없어서 확신할 수는 없지만, 이렇게 말해보고 싶다. 달리기는 마음의 평화를 가져오는 최고의 명상이 될 수도 있다. 30분쯤 달리는 것으로 털어지지 않는 번뇌는 그렇게 흔하지는 않은 것 같다.

접대 달리기로 꿈을 이루었다

내가 이해하기 어려운 일 가운데 하나는 탁구나 배드민턴을 할 때 잠시 몸을 풀고 나면 곧바로 "그럼 게임 할까?"로 이어지는 현상이다. 곰곰 생각해보면 이상한 일도 아니다. 원래 경쟁을 전제로 설계된 운동이니 어느 정도 공을 쫓아다닐 줄 알게 되면 게임을 하는 것이 탁구나 배드민턴의 본질에 가까워지는 것일 테니까. 그런데 나는 이 게임이라는 것이 너무 어렵다. 연습으로 공을 주고받을 때에 비해 너무나 무능해진다.

나같이 운동 능력이 떨어지는 사람은 그룹 내에서 가장 유능히고 인간성 좋은 사람과 싹이 되어 복식게임을 하게 된다. 실력 좋고 인간성 좋은 내 짝은 최선을 다해 나로 인해 뚫린 구멍을 메운다. 땀에 흠뻑 젖어 헐떡이는 짝꿍을 볼 때마다 미안한 마음에 내 몸은 점점 더 굳어간다. 몸이 굳는 만큼 나는 점점 더 무능해지고, 무능해진 만큼 점점 더 미안해지고, 미안해진 만큼 몸은 점점 더 굳어가고…. 이런 악순환의 연쇄에 빠져들다가 게임을 마치면 나는 한없이 작아져있다. 젠장.

내가 탁구나 배드민턴을 치며 제일 재미있을 때는 그냥 최선을 다해 랠리를 이어갈 때이다. 그걸 무슨 재미로 하냐고 할 사람도 많겠지만, 내 수준에서는 그게 제일 재미있다. 적당히 운동도 되고, 마음이 쪼그라들지 않는 것도 좋다. 그래서 마음 먹었다. "접대 탁구, 접대 배드민턴의 달인이 되겠어!" 라켓만 잡으면 마음이 한없이 쪼그라드는 나 같은 사람들에게 즐거운 시간을 선물하고 싶었다.

그런데 어느 날 내 작은 소망을 들은 능력자들이 기가 막히다는 듯이 웃었다. "접대 탁구, 접대 배드민턴이 최고로 높은 경지야! 네가 얼마나 큰 꿈을 꾸고 있는지 알고는 있어?" 정신 차리고 생각해보니 나에게 즐거운 시간을 만들어주었던 그들은 모두 능력자들이었다. 운동 능력도 최고, 인성도 최고. 최대한 나에게 맞춰주며, 내가 즐겁게 운동할 수 있게 해주었던 것이다. 최대한 나에게 맞춰준다는 것은 나에게 치기 쉬운 공만 주는 것이 아니라 난이도를 조절해서 실력도 향상시키고 운동도 되고 즐거움도 느낄 수 있도록 해주는 것이다. 그렇구나…
그건 정말 어려운 일이겠구나. 이번 생에 목표로 삼을 일은 아
니라는 생각에 조심스레 마음을 접었다.

운동을 잘하지는 못해도 몸을 쓰는 일을 사랑하는 나는 '접
대 ○○'에 대한 꿈을 완전히 접을 수는 없었다. 나의 친구들에
게도 몸을 쓰는 일의 즐거움을 전파하고 싶고, 함께 몸을 쓰며
좋은 순간을 나누고 싶었다. 그러다 문득 깨달았다. 아, 나에게
는 달리기가 있잖아. 그래서 나는 접대 달리기를 시작했다.

- 걷기보다는 좀 더 강도 있는 운동을 하고 싶은데 어떻게
  해야 할지 모르겠다는 친구
- 달리기를 해보고 싶은데 도저히 혼자서는 엄두가 나지 않
  는다는 친구
- 러닝머신에서는 달려봤지만, 야외 달리기는 해본 적이 없
  어서 겁이 난다는 친구

전 같지 않은 몸이 걱정되어 운동을 해보려고 하지만 시작
하기가 막막한 친구들, 다시 말해 나 같은 친구들이 주변에 많
았다. 나는 친구들의 옆구리를 찌르고, 등을 떠밀며 나랑 한 번

만 달려보자고 꼬셨다.

나의 접대 달리기의 목표는 '30분 계속 달리기'이다. 속도는 신경 쓰지 않는다. 친구가 감당할 수 있을 정도의 속도로 천천히, 아주 천천히, 걷는 건지 뛰는 건지 분간이 되지 않을 정도의 속도로 달린다. 어쨌든 30분을 계속 달릴 수 있다는 것은 매우 중요하다. 친구가 앞서 달리고 나는 바로 뒤에서 달린다. 너무 열심히 뛴다 싶으면 속도를 늦추도록 권유하고, 너무 힘들어하면 격려 멘트도 날리면서 함께 달린다.

그리고 결국 해낸다! 난생처음 30분 계속 달리기에 성공한 것이다. 친구의 얼굴이 '해냈다!'는 성취감으로 빛나는 순간, 그 순간을 사랑한다. 짜릿하다. 시작이 어려울 뿐이다. 우리가 달리지 못하는 이유는 여러 가지가 있겠지만, 대개의 경우 자기가 30분을 계속 달릴 수 있다는 사실을 믿지 못하기 때문이다. 이제 내 친구는 자신에게 이렇게 엄청난 능력이 있다는 사실을 알게 되었다.

접대 달리기의 성공을 위해 내가 신경 쓰는 것은 달리는 장소이다. 좋은 곳에서 달려야 더 즐거운 법이다. 그리고 달리고 난 다음에는 맛난 것을 먹어야지. 달리기 코스와 맛집이 훌륭하게 짝을 이루는 곳은 많지만 나는 특별히 여의도공원을 좋아한다. 여의도공원 바로 옆에 있는 대형 쇼핑몰(IFC몰)에는 무료로 사용할 수 있는 사물함이 있어서 달리는 동안 짐을 보관할 수도 있고, 옷을 갈아입어도 전혀 무리가 없는 쾌적한 화장실도 갖추고 있다. 교통도 편리하다. 한 바퀴를 달리면 2.5킬로미터. 잘 달리는 사람이라면 30분에 두 바퀴도 돌 수 있지만, 우리는 천천히 달리니까 한 바퀴를 조금 넘긴 지점에서 30분 달리기를 끝낸다. 나머지 구간은 천천히 걸어서 원점으로 돌아온다.

달리고 돌아오는 길, 우리는 몸 깊은 곳에서 알 수 없는 열기가 치솟고 정신이 한없이 고양되는 것을 느낀다. 나는 친구에게 꼭 속삭여준다. "너의 처음을 함께할 수 있어서 참 좋았다"고. "나에게도 참 즐거운 달리기였다"고. 이 말은 100퍼센트 진심이다.

또 하나 중요한 사실. 접대 달리기를 하는 동안 내가 진심으로 즐거웠다면 내게 접대 탁구나 접대 배드민턴을 제공하던 그들도 진심으로 즐거웠던 것 아닐까? 즐거워하는 나를 보면서, 내게 기쁨을 준다는 사실에 같이 기뻐하지 않았을까? 앞으로는 다른 사람이 내미는 접대의 손길을 사양하지 않아야겠다. 내미는 손을 덥석 잡는 것, 그게 진짜 믿음이고 우정이다.

생활러너가 되고 싶은 여자들을 위한 조언

'내가 조언 따위를 할 주제가 될까?'라는 의문이 내 사고를 지배하지만 그걸 간신히 물리치면서 일단 '그런 주제가 된다'는 전제 아래 이 글을 쓴다. 일단 소제목을 주의 깊게 읽어달라. 지금부터 펼쳐질 나의 조언은 '생활러너'가 되고 싶은 사람 한정이다. 여기서 생활러너란 일상의 틈새에 달리기를 끼워넣고 간간이, 즐겁게 달리는 사람을 말한다. 그러니 42.195킬로미터를 완주하거나 울트라 마라톤, 트레일 마라톤 이야기를 여기서 기대하면 곤란하다.

생활러너는 기록을 내기 위해 달리거나 체중 감량, 몸매 개선 등을 이유로 달리는 사람이 아니라 그냥 달리기 위해 달리는 사람이다. 달리기 위해 달렸을 뿐인데, 몸이 좀 튼튼해져서 계단을 오르내리는 것이 덜 무서워지는 사람이 생활러너이다. 달리기 위해 달렸을 뿐인데 마음이 덩달아 튼튼해져서 감정이 덜 널뛰게 되는 사람이 생활러너이다.

앞으로 이야기할 나의 '조언'이 초라하다고 해도 너무 손가락질하지 말아달라. 이 책을 읽고 있을 당신이 꿈꾸는 지점은 전문적인 마라토너보다는 '생활러너'일 가능성이 훨씬 높다고 믿으며 감히 조언이라는 것을 적어보려고 한다. 만약 당신이 나처럼 생활러너를 꿈꾼다면 나의 조언이 꿀팁이 될 수도 있을 것이다. 이런 시시한 이야기는 전문가가 쓴 전문적인 책에는 결코 등장하지 않을 것이기 때문에 나름 의미가 있다고 생각한다.

나의 조언의 핵심은 '재미없는 달리기를 참아내지 말라는 것'이다. 달리기는 힘들고 지루하다. 즐거움을 느끼게 될 때까지의 허들이 매우 높다. 그러니 힘들고 지루하지 않게 달릴 수 있는 방법을 궁리해야 한다.

1. 일단 쇼핑! 러닝화를 준비하라.

10년 전에 구입한 운동화 말고, 새 운동화를 준비하라. 오래 신은 운동화는 쿠션이 제 기능을 못 한다. 신지 않고 신발장 속에서 오랜 시간을 보낸 운동화는 딱딱하게 굳어서 역시 제 구실을 못 한다. 그러니 새 신발을 장만하라. 달리기로 결심한 것만으로도 당신은 이미 훌륭하니 새 신발을 소유할 자격이 있다. 새 운동화는 당신을 멋진 곳으로 데려다줄 것이다.

그렇다고 고성능을 자랑하는 고가의 운동화까지는 필요 없다. 당신은 엄청난 속도로 총알처럼 달려 나갈 단거리 선수도 아니고, 42.195킬로미터를 완주하는 드라마를 쓸 장거리 러너도 아니다. 내 경험상 운동장 몇 바퀴, 동네 몇 바퀴를 도는 데는 그렇게 고성능의 운동화가 필요하지 않다.

큰 맘 먹고 산 고가의 물건에는 집착도 많아져서 운동화의 부족한 점에 대해 더 예민하게 반응할 가능성이 높다. 그리고 당신에게 달리기가 맞지 않을 수도 있다. 그럴 때 신발장에 처박힌 고가의 운동화는 당신의 죄책감만 자극하게 될 가능성이 크다. 게다가 첫 러닝화는 실패할 가능성도 높다. 달려보아야 그 운동화가 잘 맞는지 확인할 수 있는데 일단 달리면 교환, 환불이 불가능해지니까.

단, 반드시 러닝화를 준비해야 한다. 우리가 꿈꾸는 신발은, 출퇴근할 때도 적당히 신을 수 있을 만큼 디자인이 세련되고 (약간의 키높이도 보장되고), 가벼운 등산이나 조금 긴 산책에도 위력을 발휘하고, 그리고 달릴 때도 신을 수 있는 신발이다. 이토록 과학기술이 발달하였건만, 슬프게도 아직 그런 신발은 개발되지 않았다. 당신에게는 출퇴근할 때, 그리고 산책을 할 때 신을 수 있는 적당한 신발이 이미 있을 것이다. 심지어 많을 것이다. 그러니 새로 장만하는 신발은 러닝에 최적화된 '러닝화'가 되는 것이 합리적이다. 물론 스타일을 좀 포기하면 출퇴근할 때도 신을 수 있고, 적당한 난이도의 등산이나 산책에도 큰 무리는 없을 것이다.

이론상으로는 두 켤레 이상의 러닝화를 가지고 돌려 신는 것이 신발의 수명을 늘려준다고 하지만, 당신에게 권하지는 않겠다. 러닝화에도 휴식 시간을 주어 쿠션이 제자리로 돌아올 시간을 주라는 것이 '두 켤레 운동화'를 권하는 이유인데, 우리는 어차피 매일 뛰지 않을 것이기 때문에 한 켤레만 있어도 당신의 운동화는 충분히 쉴 수 있을 것이다. 규칙적으로 주 3회 이상 상당한 거리를 달리게 된다면 두 켤레가 필요할 것도 같다. 당장 두 켤레를 장만하지 않더라도 '두 켤레 러닝화'의 원칙을 기억해두는 것은 유익한 점이 있다. 새 신발을 갖고 싶을 때 죄책감 없이 지갑을 열 수 있는 핑계가 되어줄 것이다. 핑계가 근사하니 금상첨화이다.

주의! 매장에 가서 마라톤화를 달라고 하지 마라. 마라톤화는 엄청나게 가볍다. 그걸 신으면 날아갈 것같이 달릴 수 있을 것이라는 환상에 빠져들 수 있다. 그러나 지금까지 당신이 달리지 못한 이유가 무서운 신발 때문은 아니었을 것이다. 마라톤화는 엄청나게 가벼운 대신 쿠션이 전혀 없다. 충분한 훈련으로 달리기 근육을 갖춘 마라토너라도 42.195킬로미터를 달리는 것은 아주 힘든 일이어서 신발 무게를 최대한 낮추는 방향으로 설계된 신발이다. 당연히 우리 같은 생활러너에게는 적합하지 않다. 그냥 러닝화를 준비하라.

2. 또 쇼핑! 운동복을 준비하라.

아마도 당신은 99퍼센트의 확률로 이미 운동복을 갖고 있을 것이다. 있다면 새것을 준비할 필요는 없다. 운동화처럼 쉽게 낡는 것도 아니고, 보통 운동복은 진저리를 칠 만큼 지겨워질 때까지 입어도 계속 새것 같다. 소재가 계속 발전을 해온 덕분이다. 달리다 보면 5킬로미터쯤 되는 대회에 나가고 싶어질 텐데, 대회에 나갈 때마다 새 티셔츠가 생긴다. 그러니 미리 장만하지 않아도 된다.

다만 지금 당신이 가진 운동복이 땀을 잘 흡수하는 순면 재질이라면 그건 지금처럼 집에서 잠옷 대신으로 입는 것이 맞다. 순면 100퍼센트의 운동복을 입으면 금방 땀이 차서 짜증이 솟구친다. 땀을 많이 흘리는 사람이라면 운동을 마치고 돌아올 때 남 보기 민망한 상태가 될 수도 있다. 그래서 속건성 기능이 있는 운동복을 입는 것이 좋다. 비싼 운동복이라고 더 기능이 좋은 것도 아니다. 티셔츠와 바지가 딱히 무슨 기능이 있겠는가. 배트맨이나 슈퍼맨 같은 히어로들이 입는 유니폼이라면 기능이 매우 중요하겠지만, 어차피 우리는 무슨 옷을 입는다 해도 그들처럼 지구를 구할 수는 없다.

헐렁한 운동복은 피하라. 상의가 헐렁하면 달리는 동안 펄럭거려서 여간 귀찮은 게 아니다. 누가 뒤에서 밀어줘도 달리기 힘든 판에 헐렁한 상의가 움직임을 방해하면 정말 곤란하다. 바지가 헐렁하면 달리는 동안 계속 바지를 끌어올리는 민망한 상황을 연출하게 된다. 생활러너는 천천히 달리는 사람이지 추하게 달리는 사람이 아니다. 이론상으로는 딱 붙는 옷이 좋다고 하는데, 우리가 또 사회성이 발달한 존재들 아니겠는가. 남들 보기 민망해서 밖으로 나갈 엄두를 내지 못할 수도 있다. 그냥 당신이 생각하고 있는 것보다 한 사이즈 정도 작은 것으로 선택하면 적당할 것이다. 적어도 내 경우에는 그랬다. 나는 자꾸 너무 큰 옷을 골라서 나보다 체격이 큰 사람에게 본의 아니게 선행을 베풀며 살아왔다. 옷이 크다고 더 편해지지 않는다. 나에게 맞는 옷이 편한 옷이다.

사실 가장 중요한 원칙은 내가 최대한 예뻐 보일 수 있는 옷을 입는 것이다. 말은 이렇게 하지만 나도 매장에 들렀다가 가격에 놀라 그 자리에 고이 놓고 나온 경험이 여러 차례이다. 그게 출근복이면 그렇게 여러 번 들었다 놓았다 했겠는가? 운동복이라고 살짝 무시하는 마음이 있었던 것은 아닐까? 입는 횟수나 만족도로 보면 운동복 쪽에 투자하는 것이 합리적이라고 생각한다. 다만, 높은 가격이 항상 멋진 스타일을 보장하지는 않는다는 맹점이 있다.

주의! 역시 매장에 가서 마라톤복을 달라고 하면 안 된다. 그러면 싱글렛이라 부르는, 어깨가 깊이 파이고 등 부분도 반쯤 찢어진 민소매 티셔츠를 주는데, 정말 곤란하다. 그걸 입고 동네에서 달리기에는 노출이 너무 심하다. 물론 남들 시선 따위 아랑곳하지 않고 입고 나갈 수 있는 사람도 있을 것이다. 그러나 그런 옷을 입고 5킬로미터 이상을 달리면 겨드랑이 부분에 마찰이 계속되어 화상을 입게 된다. 진짜 아프다. 잘 낫지도 않는다. 마찬가지 이유로 마라톤용 숏 반바지도 피해야 한다. 허벅지 안쪽으로 살이 없는 사람은 모르겠지만, 내 경우에는 허벅지 안쪽이 쓸려서 화상을 입은 적이 있다. 여긴 더 아프고 민망하기도 하다.

3. 천천히 달려라.

처음 달릴 때는 달리기 어플도 스마트 워치도 필요 없다. 그냥 시계만 있으면 된다. 최대한 속도를 늦춰서 가능한 한 오래 달리는 게 좋다. 중요한 것은 속도가 아니라 지속 시간이다. 속도는 달리다 보면 저절로 빨라진다(고 한다). 공연히 몇 킬로를 달렸는지 어플을 계속 확인하면 절망감만 쌓일 수 있다. 5킬로미터쯤 달린 것처럼 힘이 드는데 고작 700미터를 달렸다는 결과를 확인하면 기분이 좋을 리가 없지 않은가. 그러니 일단은 그냥 시간만 측정하는 것이 좋다. 달리는 거리를 늘려가는 것이 아니라 달리는 지속 시간을 늘려가는 것이 관건이다. 자꾸 거리를 의식하게 되면 오버페이스로 달리게 되고, 그러면 10분도 못 버티고 집으로 돌아가고 싶어질 수도 있다. 너무 힘들게 달리면 다음에 달리러 나오기가 더 어렵다.

옆 사람과 얘기를 할 수 있을 정도의 속도가 당신에게 적당한 속도이다. 적어도 10분 이상 달릴 수 있는 속도가 당신에게 적당한 속도이다. 아무리 천천히 달려도 숨이 턱에 찬다면? 더 천천히 달리면 된다. 걷는 속도로 달려라. 그게 무슨 달리기냐고? 달리기와 걷기를 구분하는 것은 속도가 아니다. 두 발이 동시에 지면에서 떨어지면 그건 달리기이고 두 발 중에 한 발이 땅에 붙어있으면 걷기이다. 경보 선수들을 생각해보라. 엄청난 속도로 걷는다. 내가 죽도록 뛰어도 따라갈 수 없는 속도다. 그래도 그건 걷기다. 천천히 달려도 달리기는 달리기이다.

일단은 30분을 쉬지 않고, 중간에 걷지 않고 달릴 수 있게 된다면 성공이다. 달리기 전문가들은 빠르게 10분을 달리는 것보다 느릿느릿 30분을 달리는 게 실력을 향상시키는 데 도움이 된다고 입을 모아 말한다.

4. 좋은 곳에서 달려라.

일단은 안전한 곳이 좋은 곳이다. 돈도 벌러 다니고 살림도 해야 하는 우리들이 달릴 수 있는 시간은 대체로 어두운 밤이다. 더운 날에는 낮에 시간이 남아돌아도 달릴 수 없거니와 백주대낮에 만인시하에서 달리는 것이 처음에는 쉽지 않다. 분명 어둠 속에 몸을 감추고 싶을 것이다. 그런데 달리기에 익숙하지 않은 당신은 울퉁불퉁한 곳을 달리면 발목을 삐끗하거나 넘어질 위험도 있다. 그래서 운동장이 좋다. 고등학교 운동장은 대체로 밤 10시까지 주민들에게 개방을 한다. 그러니 근처학교 운동장을 이용하라. 만약 당신이 사는 곳 근처에 종합운동장이 있어서 육상 트랙을 이용할 수 있는 환경이라면 당신은 행운아다. 하늘이 내린 행운과 그곳에 둥지를 튼 당신의 선견지명에 감사하며 그곳에서 달리면 된다.

그러다 보면 좀 지루해지는 순간이 온다. 달리기가 힘든 것이 아니라 지루해졌다면 당신은 굉장히 성장한 것이다. 이제 동네를 달리고 천변을 달리고 강변을 달려보라. 달리기 좋은 곳을 검색해서 일부러 그곳을 찾아가서 달리는 것도 좋은 방법이다. 매일 달리던 길 말고 다른 길을 달리면 몸속에서 특별한 에너지가 솟구치면서 갑자기 잘 달리게 된다.

5. 이벤트를 만들어라.

자꾸 새로운 자극을 주어야 계속 달릴 수 있다. 달리기를 시작하는 사람이라면 더욱 그렇다. 잘 달리는 사람은 아마도(내가 모르는 경지이니 '아마도'라고 쓴다) 자신의 기록이나 컨디션이 보이니까 매일 같은 길을 달려도 변화무쌍하겠지만 우리 같은 생활러너들은 어차피 기록이 잘 향상되지도 않고 기록 향상이 목표도 아니다. 즐겁게 달리기 위해서는 다른 자극이 필요한데 이럴 때 필요한 것이 이벤트이다.

일단 5킬로미터 달리기 대회에 참가 신청을 하라. 한 달에서 6주쯤 뒤에 열릴 대회가 적당하다. 그 정도면 충분히 5킬로미터를 준비할 수 있다. 중간에 게으름을 피워도 가능한 일정이다. 너무 넉넉하게 일정을 잡으면 오히려 태만해져서 자극제로서의 역할을 하지 못한다. 대회 날까지 주 2~3회 달릴 수 있는 시간을 계획하고 실천하면 된다. 그런데 슬프게도, 마라톤 대회 신청이 곧바로 주 2~3회 연습이라는 실천으로 이어지지 않는 경우도 많다. (바로 내가 그랬다.) 하지만 곧 있을 대회에 신경을 쓰지 않을 수 없으니 평소보다는 조금 더 열심히, 정성껏 달리게 된다.

대회 당일에는 '아직 준비가 덜 되었다'고 느낄 것이다. 그래도 달리러 나가라. 원래 완벽한 준비라는 건 존재하지 않는다. 우리는 늘 충분히 준비되지 않은 채로 어떤 일에 뛰어들게 된다. 그래도 여태 무사히 살아남았다. 이번에도 그럴 수 있을 것이다. 대회에 참가한 사람들의 에너지가 달릴 수 있게 도와줄 것이다. 스스로도 이해할 수 없는 힘으로 갑자기 해낼 수 있게 된다. 그런 경험을 한번 하고 나면 그 이전으로 되돌아가는 것이 오히려 더 어려워진다.

힘들지 않다고 하면 거짓말이다. 너무 힘들어서 화가 날 수도 있다. 당신은 달리면서 대회에 참가하려는 생각을 해낸 한 달 전의 당신을 원망할 것이고, 누가 나한테 이 대회에 참가하자고 했냐며 분노할 것이다. 그렇게 후회로 점철된 30여 분을 보내다 보면 어느새 골인 지점에 와있는 당신을 발견할 것이다. 당신이 해낸 것이다!

가장 어이없는 장면이 무엇인지 아는가. 달리면서 다시는 이런 미친 짓은 하지 않겠다고 결심했는데 집에 돌아와서 가장 먼저 하는 일이 다음에 참가할 다른 대회가 있는지 검색하는 장면이다.

바로 내 이야기이다. 아마도 곧 당신의 이야기가 될 것이다. 처음이 어려울 뿐이다. 이런 종류의 도전은 일단 시작해보면 생각보다 어렵지 않다. 그러니 그렇게 많은 사람이 대회에 참가해서 달리는 것이다.

5킬로미터에 몇 번 성공했다면 자신의 상태를 보면서 10킬로미터에 도전해보는 것도 좋다. 5킬로미터를 달린 사람은 10킬로미터도 달릴 수 있다. 10킬로미터까지는 체계적인 훈련 없이도 누구나 달릴 수 있다(고 다들 말한다.)

그다음은? 당신이 더 멀리, 더 빠르게 달리고 싶다고 해도 내가 안내할 수 있는 영역이 아니다. 제목에서 밝혔듯이 '생활러너'를 위한 조언인데 하프 정도 달리면 그냥 마라토너나 러너라고 해야지 구태여 '생활러너'라고 하겠는가. 훌륭한 조언을 담은 책들이 시중에 많이 나와있으니 이제 하산하여 고수들의 조언을 참고하라.

6. 시작 시점을 잘 선택하라.

조건이 좋을 때 시작하라. 인생이 갑갑하다고 갑자기 새벽 수영을 시작하면 오래 못 가는 것처럼, 에너지가 너무 바닥일 때 달리기를 시작하면 오래 지속하기 어렵다. 곧 무더위, 장마, 혹한이 닥칠 예정이라면 시작하기에 적당한 때가 아니다. 너무 바쁠 때도 마찬가지다.

자신의 몸 상태와 일정을 잘 살펴보고 적어도 한 달 정도는 끈기있게 이 프로젝트를 밀어붙일 수 있겠다 싶을 때 시작하는 것이 좋다. 내가 처음 달리기를 시작한 때는 휴직했을 때였다. 육아 때문에 바쁘기는 했지만 그래도 직장에 다니면서 육아까지 책임져야 할 때보다는 덜 바빴다.

물론 에너지가 바닥일 때 시작해서 성공하는 사람도 있다. 훌륭한 사람들이다. 우리는 이미 다른 부분에서 훌륭하게 살고 있으니 달리기에서마저 훌륭해지려고 애쓸 필요는 없다. 너무 자신을 몰아붙이는 것도 생활러너의 본분에 어긋난다. 우리가 달리기를 통해 엄청난 일을 이루려는 것은 아니니까 그냥 달릴 수 있을 때 달릴 수 있을 만큼만 달리면 된다. 다만, 처음 시작할 때는 그런 마음으로 달리면 곧바로 중단하게 될 가능성이 크니까 외부 환경을 좋게 만들어서 자신의 달리기를 도와야 한다.

가장 중요한 것. 달리는 일은 즐겁지만 달리지 않는다 해도 별문제는 없다. 세상에는 즐겁고 신나면서 몸에도 마음에도 좋은 일들이 널렸다. 운동은 꼭 필요하지만 그것이 꼭 달리기일 필요는 없다. 혹시 당신이 달리지 못하거나 달리지 않는다고 해서 절대로 문제될 것은 없다. 당신에게 꼭 맞는 인생운동이 틀림없이 있을 것이다. 다양한 시도를 통해 그걸 찾으면 된다. 벌써 찾았다면 그걸 신나게 하면 되고.

어쩌다 보니 내게는 그것이 달리기였을 뿐이다.

6

글쓰기를
하고 싶지만
망설이는 당신에게

어떤 주제로 글을 쓸까?

네 명의 100일 글쓰기의 스타일은 각자 모두 달랐다. 꽃쌀은 매일 떠오르는 대로 글을 썼다. 20여 년의 교직 생활을 회상하며 처음 부임했던 학교에서의 경험을 쓰기도 하고, 멋들어진 한시를 자기만의 방식으로 해석하기도 했다.

릴리안은 '처음'을 주제로 글을 썼다. 인생에서 일어나는 각종 '처음'에 대해 글을 쓰다가 소재가 고갈되자 새로운 주제를 찾아냈다. 두 아이를 키우며 매일 그림책을 읽어주는 엄마라는 자신의 상황과 사서 교사라는 자신의 전공에 딱 맞는 주제를 찾아낸 것이다. 우리는 매일 릴리안의 그림책 이야기를 읽는 기회를 얻었다.

얼룩말은 처음에는 주제를 정하지 않고 글을 썼다. 글감이 없다며 어려움을 호소하는 얼룩말에게 우리는 '음식 이야기'라는 주제를 권했다. 얼룩말은 요리를 좋아하는데다 잘하기도 한다. 맛있는 음식에 대한 관심도 남다르다. 그러니 그의 글에서 음식 이야기가 등장하는 날이면 우리는 모두 군침을 흘리며 글을 읽었다. 매일 요리하고 매일 먹고 있으니 매일 글쓰기에 이만한 글감이 또 있을까 싶었다. 달리기에 대해 쓴다고 해서 달리기 얘기만으로 끝나지 않는 것처럼 음식 이야기를 한다고 해서 음식 이야기로만 끝나지는 않았다. 음식 이야기는 다양한 가지를 내고 뻗어나갔다.

글을 쓰는 데 더 좋은 결과물이 나오거나 더 수월하게 해낼 수 있는 방법 같은 건 없는 것 같다. 글쓰기 주제를 따로 정하지 않고 그날그날 글감을 구할 때 좋은 점은 다양한 글쓰기를 할 수 있다는 점이다. 살다 보면 꼭 쓰고 싶은 이야기가 있는 날도 있는 법인데 주제를 정해놓고 글을 쓰면 그 글감을 놔두고 주제에 맞는 글감을 다시 찾아야 하지 않나. 어제 재밌게 본 드라마 이야기를 쓸 수도 있고, 남편과 대판 싸웠다면 부부싸움 이야기를 쓸 수도 있을 것이다. 하지만 매일 글감을 구하는 고통도 만만치 않다.

글쓰기 주제를 정해놓고 글을 쓰면 글감을 찾아 헤매는 노력을 조금은 덜 해도 된다. 선택지가 너무 많으면 고르기가 오히려 어렵지 않나. 그러니까 글감의 범위를 어느 정도 한정함으로써 선택지를 줄이고 집중할 수 있는 효과를 기대할 수 있다. 게다가 100일 정도 같은 주제로 글을 쓰다 보면 그 주제로 끝까지 가볼 수 있다. 처음에는 두루뭉술했던 것들이 좀 더 선명하게 내 의식으로 들어오게 된다. 해상도가 높아지는 기분이다.

나는 100일 글쓰기 첫 번째 시즌에는 '몸을 쓴다는 것'이라는 주제를 정해놓고 글을 썼다. '나의 운동 이야기'였을 때보다 '몸을 쓴다는 것'으로 주제를 변경하자 쓸 수 있는 이야기도 늘어나고 나이 들어가는 나의 몸과 그 몸을 돌보는 일, 그리고 몸을 쓰는 일에 얽혀있는 굵직한 이야기들을 쓸 수 있어서 좋았다. 그리고 그 덕분에 지금 이 책을 쓰게 되었다. 100일 동안 하나의 주제로 글을 쓴다는 것은, 책 한 권을 쓸 정도의 힘을 비축하는 위력을 가지고 있는 것이다.

그렇다고 해서 그때 쓴 글이 곧바로 책이 되지는 않는다. 그냥 책을 쓸 수 있는 에너지를 비축한다는 정도로만 생각해야 한다. 100일 글쓰기는 어떤 주제, 어떤 방식으로 쓰더라도 그날그날 내 속에서 올라오는 이야기를 바탕으로 하는 것이기에 일관성이나 체계가 없다. 책 한 권을 쓰겠다고 마음먹고 그걸 100일에 나눠 쓰는 것과는 다른 일이다.

매일 요리하고 매일 글을 쓴다

'어떤 일을 매일 하고 그걸 매일 글로 쓰는' 일을 해낸 사람이 또 있다. 이름은 줄리. 작가가 되고 싶었지만 공무원으로 살고 있는 줄리는 어느 날 흥미로운 요리책 한 권을 입수한다. 외교관인 남편을 따라 프랑스에서 살게 된 줄리아라는 사람이 프랑스 요리를 배워 미국 사람들에게 프랑스 요리를 가르쳐주기 위해 쓴 책이었다. 이 책에는 무려 524개의 레시피가 담겨있는데, 줄리는 문득 이 책에 나와있는 524개의 요리를 1년 내에 모두 해보면 재미있겠다는 생각을 한다. 문제는 이 요리책이 무려 40년이나 되었다는 것. 식재료도 주방기기도 요리 방법도 많이 달라진 2000년대에 1950년대 프랑스 요리법을 그대로 재현하는 것은 만만치 않은 일이다. 그래도 줄리는 날마다 요리를 했다. 524개의 요리를 모두 클리어할 때까지. 영화 〈줄리&

줄리아〉의 이야기이다.

처음에 나는 이 영화에서 좋아하는 일을 찾아 열정을 불태우는 두 여자를 보았다. 남편을 따라 파리로 이주한 여자. 친구도 일도 다 미국에 두고 온 여자. 이 여자가 프랑스 요리를 배우고 가르치고 요리책을 쓰며 새로운 삶을 일구어가는 이야기. 그리고 공무원이라는 직업이 있음에도 불구하고 오래된 요리책을 따라 하며 지루한 생에 새로운 탄력을 부여하는 이야기. 줄리아와 줄리의 공통점은 둘 다 구태여 하지 않아도 되는 일을 목표로 삼아 최선을 다한다는 것이다. 외교관 남편을 둔 중산층 여성 줄리아가 구태여 요리학교까지 가서 세프들을 위한 요리 과정을 마스터할 필요는 없었다. 그래도 줄리아는 그렇게 했다. 그렇게 하고 싶었으니까. 그리고 그 선택이 줄리아의 인생을 바꾼다. 안정된 직업이 있는 줄리도 구태여 퇴근 후에 옛날 스타일로 요리를 할 필요는 없었다. 그래도 줄리는 그렇게 했다. 그렇게 하고 싶었으니까. 그리고 그 선택이 줄리의 인생을 바꾼다.

몇 년이 흐른 뒤 나는 〈줄리&줄리아〉를 다시 만났다. 여행지의 숙소에서 별로 할 일이 없어서 켜놓은 텔레비전에서 이 영화를 보았다. 그리고 나는 이것이 줄리아의 독서법에 대한 영화라는 것을 깨달았다. 줄리아는 책을 읽었고, 그 책이 마음에 들었고, 그래서 처음부터 끝까지 책에서 가르치는 대로 따라 해본 것이다. 이렇게 책을 읽을 줄 아는 사람에게는 많은 책이 필요 없다. 단 한 권으로도 충분하다. 나는 한 번이라도 이렇게 뜨겁게 책을 읽어본 적이 있던가. 나의 얄팍한 다독이 부끄러웠다.

처음 〈줄리&줄리아〉를 만났을 때로부터 10년의 세월이 지나서 세 번째로 이 영화를 만났다. 그사이 나는 줄리보다는 줄리아에 가까운 나이가 되었다. 다시 보니 이건 두 여자의 글쓰기에 대한 영화였다.

줄리아가 유명한 요리 선생이 되었다고 해도 요리책을 쓰지 않았다면 줄리아는 잊혔을 것이다. 40년 세월을 건너 뉴욕의 한 젊은 여자를 매혹시키고 그의 삶 깊숙이 들어가 그 삶을 바꾸어내는 기적 또한 일어나지 않았을 것이다. 그러나 다행히 줄리아는 책을 썼다.

줄리가 블로그에 자신의 이야기를 쓰지 않았다면 줄리의 요리 이야기는 줄리의 부엌에서 일어난 일로 끝났을 것이다. 블로그에 글을 쓰지 않았다면 줄리는 '1년 동안 524개의 줄리아 요리 따라 하기'라는 프로젝트를 완수하지 못하고 중간에 그만두었을지도 모른다. 다행히 줄리는 블로그에 글을 썼다. 매일 요리하고 매일 글을 썼다. 줄리의 이야기는 책으로 출판되었고, 영화로 만들어졌고, 지구 반대편의 한 중년 여자는 그 영화를 보며 알지도 못하는 어떤 여자의 요리와 글쓰기를 온 마음으로 응원하게 되었다.

알고 있어서 쓰는 것이 아니라 쓰면서 알게 된다

많은 소설가들이 왜 그런 얘기를 쓰게 되었냐는 물음에 "내가 쓴 것이 아니라 소설의 등장인물들이 그렇게 쓰게 했다"라는 대답을 들려준다. 나는 소설가는 아니지만 이 말이 사실이라는 것은 안다. 모든 글쓰기의 순간, 작가는 어떤 문을 열어 다른 차원으로 들어가는 경험을 한다. 이때가 되면 첫 문장이 두 번째 문장을 부른다. 내가 쓰는 것이 아니다. 이런 말을 하면, "뭐야, 작두 타?" "신 내렸어?"라고 할 이들도 분명 있을 것이다. 그래도 어쩌겠는가, 사실인데.

글쓰기를 많이 해보지 않았더라도 글을 완성하고 나면 처음 의도와는 사뭇 다른 결과물이 나오는 경험을 해보았을 것이다. 잘 쓰고 싶었지만 부끄러운 결과물이 나왔다는 얘기를 하려는 것이 아니다. 나는 A라고 생각하며 글을 쓰기 시작했는데 쓰다 보니 B라는 사실을 깨닫게 되어 B로 방향을 선회했고, 그러다 보니 실은 C가 진짜로 하고 싶은 말/사태의 진실로 드러나는 경험을 말하는 것이다.

알고 있어서 쓰는 것이 아니라 쓰면서 알게 된다. 쓰기의 과정이 고통스럽다면 그 고통이 쓰기에서 오는 것이 아니라 앎에서 오는 것임을 깨닫고 받아들여야 한다. 고통스러운 것은 쓰기가 아니라 앎이다. 인정하고 싶지 않은 것을 인정해야 하고, 받아들이고 싶지 않은 것을 받아들여야 한다. 모른 체하고 싶지만 알려고 해야 하고, 아무리 궁리해도 답이 나오지 않는 문제를 끝까지 붙들고 늘어져 답을 내야 한다. 이것이 쓰는 순간 우리가 느끼는 고통의 정체이다.

글이 잘 풀리지 않는 이유는 생각이 잘 풀리지 않고 있기 때문이다. 왜 생각이 풀리지 않는가. 여러 가지 이유가 있겠지만 가장 큰 이유는 나의 의식이 특정한 상태로 고착되기를 원하기 때문이다. 나의 심층과 무의식은 다른 방향으로 가야 한다고, 진실은 저 너머에 있다고 말해주는데, 나의 의식은 애써 그것을 외면하며 고집을 피우기 때문이다. 저 너머의 진실과 만

나려면 지금의 내 생각을 버려야 하는데, 우리는 그런 걸 쉽게 버릴 수 있는 존재가 아니지 않은가. 그러니 힘들다.

달릴 능력이 있어서 달리는 것이 아니라 달리다 보면 달릴 능력이 생긴다. 자꾸 달리면 달리기 싫어하는 내 몸과 마음의 저항이 좀 약해진다. 조금은 쉬워진다. 쓰는 일도 마찬가지다. 알고 있어서 쓰는 것이 아니라 쓰다 보면 알게 된다. 쓸 능력이 있어서 쓰는 것이 아니라 쓰다 보니 쓸 능력도 생겨나는 것이다. 자꾸 쓰다 보면 쓰기도 조금은 쉬워진다. 컴퓨터 앞에 앉는 것도 쉬워지고, 텅 빈 화면의 커서를 쳐다보며 한숨짓는 시간도 짧아진다.

진지한 러너라면 쉬워지는 그 순간 조금 어려운 단계로 진입하려고 한다. 마찬가지다. 조금만 훈련을 하면 800자, 1000자 써내는 것은 어렵지 않다. 그러나 어떤 주제 앞에서 흔들리고 저항하는 자기 마음을 붙들고 끝까지 알려고 하면서 글을 써내려가는 것, 비로소 마주치게 된 '저 너머의 진실' 앞에 겸허히게 고개를 숙이고 지금까지 쓴 글을 아낌없이 지우고 새로 시작하는 것, 이걸 감당하는 것은 어렵다. 이걸 기꺼이 감당할 때 우리는 그 사람을 보고 '진지하다'고 말한다.

왜 쓰는가. 잘 알아서 쓰는 것이 아니라 쓰면서 알게 되기 때문에 쓴다. 아는 것만 쓸 수 있다면 구태여 쓸 필요가 있겠는 가. 우리는 더 많이, 더 깊이, 더 제대로 알려고 글을 쓴다. 어려워도 쓰고 고통스러워도 쓴다. 만약 오늘 당신의 글쓰기가 고통스럽다면 기뻐하라. 그건 당신이 글쓰기에 바쳐야 마땅한 정도의 헌신을 바치고 있다는 뜻이니까. 당신은 제대로 하고 있는 것이다. 기쁜 소식. 영원이 계속되는 고통은 없다. 당신은 쓰기에 성공할 것이고, 저 너머의 진실과 만날 것이다.

내가 쓰려는 것은 『안나 카레니나』가 아니야

글을 쓰려고 컴퓨터 앞에 앉았는데 영 글이 써지지 않을 때가 있다. 이럴 때는 이 주문이 필요하다. "내가 쓰려는 것은 『안나 카레니나』가 아니야." 난 그저 월간지 네 페이지를 채울 서평을 쓰고 있을 뿐이라고. 난 그저 매일 글쓰기의 오늘 치 과제를 해치우려는 것뿐이라고. 그렇다. 내가 지금 쓰려는 것은 『안나 카레니나』가 아니다.

나는 그저 짧고 간소한 글 한 편을 쓰려는 것뿐이다. 그러니 긴장을 풀고 어깨에 들어간 힘을 빼야 한다. 잘하려는 욕심은 언제나 일을 망친다. 복싱을 할 때, 그룹에 섞여서 스텝과 함께 잽을 연습하고 있는 나는 그럭저럭 한다. 그러나 내 순서가 돌아와 관장이 대주는 미트 앞에 서면 실수 없이 잘해야 한다는 욕망이 솟구친다. 그 순간, 상체에 힘이 잔뜩 들어간다. 상체가 뻣뻣하니 스텝은 꼬이고, 팔의 움직임은 거칠다. 단번에 박자를 놓친다. 결국 한마디 듣는다. "상체에 힘이 너무 들어갔어요."

단번에 잘하려고 하면 반드시 일을 망친다. 살아온 여정의 어느 지점을 뒤져봐도 한결같다. 엄청난 목표를 설정하고 단번에 잘해내려고 했던 일은 단 한 번도 제대로 성사된 적이 없다. 나는 늘 내가 해낼 수 있는 만큼만 해낼 뿐이다. 아무리 이를 악물고 주먹을 바짝 쥐어도 마찬가지다. 아니, 힘을 주면 줄수록 나빠진다. 배드민턴이나 탁구를 하면서, 선물처럼 날아오는 공을 향해 힘차게 스매싱을 시도했다가 헛물을 켠 것이 몇 번인지 생각해보자. 분명하다. 내가 할 수 있는 것보다 욕심을 내면 망한다. 나는 톨스토이가 아니며 내가 쓰려는 것은 『안나 카레니나』가 아니다.

첫 문장이 멋져야 한다고 하지만 그건 글이 완성되었을 때의 첫 문장이 그래야 한다는 것이지, 내가 처음 쓰는 문장이 끝내줘야 한다는 뜻이 아니다. 그러니까 그냥 쓴다. 떠오르는 대로, 성기게 쓴다. 그러다 보면 중간중간 어떤 문장을 넣어주어야 할지가 보이기 시작한다. 그러면 그 틈새를 메운다. 도저히 메워지지 않는 틈새가 보인다면 과감히 버린다. 기가 막힌 인용문이나 끝내주는 사례가 있어 그걸 꼭 써먹고 싶은 마음이 들어도 버린다. 괜찮다. 내가 지금 노벨문학상 수상작을 날려버린 것도 아니지 않나.

글쓰기 책들에 등장하는 것처럼 처음부터 얼개를 짜고 시작하는 것도 완벽한 정답은 아니다. 써봐야 내가 쓰려던 이야기가 무엇이었는지가 분명해지기 때문에, 처음에 짰던 얼개는 보통 폐기된다. 계획대로 되는 글쓰기란 없다. 만약 처음에 잡은 얼개나 목차를 하나도 바꾸지 않고 글을 쓰는 데 성공했다면? 그건 좋은 글이 아닐 확률이 높다. 글을 쓰는 동안 작가의 정신을 뒤흔들 일이 전혀 발생하지 않았다는 뜻이니까. 내 마음도 뒤흔들지 못한 글이 어느 독자의 마음을 움켜쥘 수 있겠는가.

그렇다면 많은 이들이 얼개 짜는 방법은 왜 가르치는 건데? 두 가지 이유에서라고 생각한다. 첫째, 글에는 '구조'라는 것이 있어야 한다는 것을 가르치기 위해서. 마음 가는 대로 쓰는 글? 시작으로서는 좋지만 끝까지 마음 가는 대로 쓴 글을 누가 읽고 싶겠는가. 마음이라는 것은 언제나 요동치고 언제나 제 멋대로인 것을. 한글 문서창을 띄워놓고 영화 상영시간표를 검색하고 연예인의 이혼 스캔들을 찾아보고 쇼핑몰을 들락거리며 공연한 물건들을 장바구니에 넣는 것, 그게 우리 마음이고 의식의 흐름이다. 그걸 그대로 쓰면 어떤 글이 될까? 그러니 구조를 갖추고 영리하게 써야 한다.

둘째, 시험을 위한 글쓰기에서는 구조 짜기가 필수이다. 한정된 시간 내에 빠르게 글을 써야 하는 조건이라면 어느 정도 확정된 구조를 만들어놓고 시작하는 것이 시행착오를 막아준다. 1000자를 써야 한다면, 서론에 200자, 본론 1, 2, 3에 각 200자, 결론에 200자를 설정하고 거기에 맞춰 쓴다.

하지만 이런 일은 자주 있지 않다. 보통의 경우, 우리는 고쳐 쓸 수 있다. 앞에 쓴 문단을 뒤로 돌리기도 하고, 새로운 문장을 끼워넣기도 하면서 내 능력이 허락하는 수준에서 최선의 결과를 이끌어낸다.

나는 글이 써지지 않으면 생각한다. 내가 욕심을 부리고 있구나. 그렇다면 잘 준비해서 그다음에 써야 할까? 그 생각이 바로 욕심이다. 내가 쓰지 않고 있는데 언젠가는 쓸 준비가 될 것이라는 믿음만큼 허황된 것이 어디 있겠는가. 준비가 다 되는 때란 없다. 일단 쓸 수 있는 것을 쓰고, 그 틈새를 메울 공부를 하고, 더 쓸 수 있게 된 것을 쓴다. 원래 글쓰기의 과정이란 매끈하지 않다. 누덕누덕 기워서 뽑아내는 것이 글이다. 머릿속에서 완성하고 일필휘지로 써내려갈 수 있다면 더없이 멋지겠지만, 그런 기적은 내 몫이 아닌 것이 확실하다.

나는 고작 한 편의 글을 쓸 뿐이다. 그냥 오늘 치 분량의 글을. 마음이 가벼워진다. 어떻게든 쓴다. 정해진 분량을 뽑아낸다. 그리고 고친다. 내가 포기하지만 않는다면 고쳐 쓸 기회는 있다. 다만 고쳐 쓰려면 고칠 초고가 있어야 하는 법. 그러니 그냥 쓴다. 인류사에 남을 수많은 명작들도 그렇게 쓰여졌을 것이다. 단번에 대작을 완성한 작가가 세상에 존재하기는 했을까. 그런데 고작 나 같은 것이 한 방을 꿈꾸다니! 화가나 조각가라면 망친 재료들 때문에 괴로울 것이다. 참으로 다행스럽다. 나는 글을 쓰니까.

글쓰기는 나에게 딱 맞는 지혜와 용기를 준다

글쓰기는 삶에서 시도할 수 있는 여러 의미 있는 일 중 하나이다. 쓰는 행위를 통해 우리는 일상과 세계를 재창조한다. 무채색이던 세계에 색채를 부여할 수 있고, 모호했던 일들의 의미를 분명히 할 수 있다. 망설이고 있었던 행동을 할 수 있는 용기가 생겨나고, 어떻게 할지 갈피를 잡을 수 없던 상황을 제대로 돌파할 수 있는 지혜를 얻게 된다. 책이나 다른 사람의 조언을 통해서도 용기와 지혜를 얻을 수는 있지만 온전히 내 것은 아니어서인지 내게 100퍼센트 적용할 수 없는데, 글쓰기는 나에게 딱 맞는 용기와 지혜를 준다.

그렇다고 해서 글쓰기가 인생 1순위에 놓일 것은 아니다. 1순위는 사람마다 다 다를 테지만, 누구의 삶에도 글쓰기가 1순위에 놓여서는 안 된다고 생각한다. 쓰는 인간으로 사는 것은 좋은 일이지만, 쓰기만으로 완성되는 삶이란 없다. 그리고 내게 글쓰기가 용기와 지혜를 얻는 수단이 되어주었다고 해서 모든 이들에게 똑같이 적용될 수는 없다. 세상에는 좋은 일, 의미 있는 일이 수없이 많고, 우리는 그 모든 것을 다 하면서 살 수는 없다. 우리 앞에 놓인 좋은 선택지 가운데 하나 정도로 글쓰기를 생각하면 좋을 것이다.

글쓰기는 진지하게 도전한다면 절대로 당신을 배신하지 않을 좋은 도구이며 기술이다. 글쓰기 능력은 여러 모로 유용하다. 나는 중학생 때 글쓰기의 유용함을 황홀하게 경험한 적이 있다. 그 시절, 우리는 때가 되면 국군 장병에게 위문편지를 썼다. 다들 죽지 못해 썼지만, 글쓰기의 모든 순간을 사랑하던 나는 정말 온 정성을 다해 편지를 썼다. 그 편지는 돌고 돌아 그 부대에 갓 임관한 소위의 손에 들어갔다. 그는 내게 답장을 썼고, 나도 답장을 썼다.

몇 차례 오고 간 편지는 소설 같은 사건 하나를 만들어냈다. 그 '군인 아저씨'가 거대한 꽃다발을 들고 내 졸업식에 나타난 것이다! 여자 중학교 졸업식에 제복을 입고 커다란 꽃다발을 든 젊은 남자가 나타난 것은 학교 전체를 술렁이게 할 만큼 큰 사건이었다. 내가 그 설레는 사건의 주인공이 될 수 있었던 것은 오직 정성을 담은 글쓰기 덕분이었다.

못 쓰는 것보다는 잘 쓰는 것이 훨씬 낫다. 글쓰기는 쓸모가 많은 기술이다. 그런데 기술로서의 글쓰기를 한 단계 끌어올리기 위해서는 진지함이 중요하다. 생의 다른 것들과 마찬가지로 어떤 일이 우리 삶 깊숙한 곳까지 파고들어 울림을 줄 수 있으려면 진지해야 한다. 모든 일에 최선을 다할 수 없고, 그럴 필요도 없는 것이 분명하지만, 삶의 어떤 순간에는 진지해야 한다. 글이 막히는 순간, 도망치지 않고 그 자리에서 나의 의식의 흐름을 가로막는 어떤 것과 정면 승부를 해야 한다. 이번 승부에서는 내가 패배할지도 모르지만 패배를 통해서도 나는 배우고 성장할 것이다.

우리가 생에서 고를 수 있는 좋은 선택지 가운데 하나로 글쓰기를 선택했고, 그리고 그 일을 진지하게 해볼 준비가 되었다면, 이제는 기술이 필요하다. 제목을 붙이고, 단락을 적절히 구성하고, 문장을 정돈하고, 재미있는 소재를 발굴하는 기술. 이런 것은 의식적으로 노력하면 누구나 획득할 수 있는 기술이다.

다만, 당신이 쓰려는 것이 『안나 카레니나』라면 여태까지 내가 한 이야기는 쓸모없는 것일 수도 있다. 이건 다른 차원의 문제이고 이런 차원에 대해서는 내가 아는 바도, 경험한 바도 없으니 내가 언급할 사안이 아니다.

미미한 분량을 목표로 정하자

매일 글을 쓰는 100일을 제안하면 제안을 받은 이들은 어떤 반응을 보일까? 무작정 손사래를 칠 것 같지만 실제로는 그렇지 않다. 일단 관심을 보인다. 눈동자가 커지고, 몸통이 나를 향한다. 생각보다 많은 사람들이 글을 쓰고 싶어 한다. 그렇지 않다면 그 많은 글쓰기 책들과 글쓰기 강좌들을 어떻게 설명할 것인가. 어떤 글쓰기 책은 베스트셀러가 되기도 하고, 어떤 글쓰기 강좌는 조기 마감이 되기도 한다.

그런데 글쓰기 제안에 곧 낚일 것만 같았던 당신은 잠시 시간이 흐르면 손에 땀이 나거나 동공에 지진이 난다. 그리고 머뭇머뭇 자백을 한다.

- 근데요, 제가 글을 정말 못 쓰거든요.

당연한 일 아닌가. 학교를 졸업한 후 제대로 글쓰기를 해본 적이 없다면, 솔직히 말해서 학교 다닐 때도 죽지 못해 글을 썼다면, 지금 당신이 글을 쓰지 못하는 것은 당연한 일이다. 숨쉬기 운동만으로 평생을 살아온 사람이 단번에 북한산 백운대에

오를 수 없듯이, 글을 쓰지 않고 평생을 보내온 사람이 단번에 글을 잘 쓰게 되는 일이 생겨날 리 없지 않다. 그러나 매일 저녁 식사 후 30분 걷기를 실천하고, 자가용보다 대중교통을 이용하며 틈틈이 걷는 생활로 전환하면 100일 이내에 웬만한 산의 정상에 올라 멋진 포즈로 인증 샷을 찍을 수 있게 된다. 글쓰기도 마찬가지다.

처음부터 잘 쓰려고 해봐야 그렇게 될 리도 없거니와 마음만 지친다. 이럴 때 필요한 것은 미미한 목표를 설정하는 것이다. 아주 적은 분량이라도 쓰기. '적은' 분량이라고 하면 얼마나 적은 분량이어야 할까? 일단 10문장에서 시작해보면 어떨까? 10문장도 너무 많은가? 그래도 10문장은 써보자. 써보면 알게 된다. 10문장은 금방이다.

금방 설득된 당신은 컴퓨터 앞에 앉아 문서창을 띄우고 10문장 쓰기에 도전한다. 몇 자 적다가 백스페이스, 긴 고민, 다시 몇 자, 다시 백스페이스. 뭐야? 이거 사기잖아. 이렇게 어려운데 10문장이 금방이라고 누가 그래? 이런 상태에 도달했다면 스스로를 돌아볼 때이다. 지금 당신이 쓰려는 글은 무엇인가? 혹시 처음으로 써보는 10문장으로 세상을 깜짝 놀라게 하고 독자의 심금을 울릴 글을 쓸 작정인 것은 아닌지. 정신을 차리자. 10문장 쓰기가 어렵다면, 그건 당신의 빈약한 글 솜씨가 아니라 당신의 야심이 원인일 것이다. 당신이 쓸 글은 그냥 아무 말 10문장일 뿐이라는 사실을 명심하고 다시 써보자.

이렇게 매일 10문장을 쓴다고 해서 당신의 글 솜씨가 단박에 엄청난 수준으로 발전하지는 않을 것이다. 하지만 이전과는 엄청난 차이가 있다. 어제의 당신은 한 번도 글을 써보지 않은 사람이었지만, 오늘의 당신은 어쨌든 매일 쓰는 사람이라는 것.

오늘 혼을 갈아넣은 글쓰기를 하고 3일간 드러눕는 것보다는 오늘 시시한 글쓰기를 하고 내일도 시시한 글쓰기를 하며 매일을 보내는 편이 좋다. 너무 무리하지 않는 선에서 시시한 글쓰기를 매일매일 하다 보면 절대 시시하지 않은 글을 쓰고 있는 당신을 발견할 날이 올 것이다.

10문장 쓰기라던가, 반 페이지 쓰기라던가 하는 정도의 미미한 분량을 목표로 삼았더라도 어쨌든 매일 쓰는 것은 쉽지 않은 일이다. 해보면 알게 된다. 어떤 일이든 그것을 100일 동안 꾸준히 밀어붙이며 실행에 옮기는 것은 그 자체로 대단한 일이라는 것을. 100일은 긴 시간이다. 쓰지 않는 사람이 쓰는 사람이 되는 기적이 일어날 정도로.

목표 달성을 위한 장치를 만들자

100일 동안 글을 쓴다는 목표를 달성하려면 혼자만의 굳은 의지로는 부족하다. 그러니 믿을 만한 친한 벗들과 글쓰기 계를 구성해보기를 권한다. 우리가 했던 것처럼 글쓰기 카페를 만들어 매일 글을 올리는 것은 100일 목표 달성을 위한 좋은 방법이다. 다른 벗들이 올리는 글을 읽는 재미가 상당히 쏠쏠한데다, 당신의 친절한 벗들은 당신의 보잘 것 없는 글에 과분한 댓글을 달아줄 것이다.

카톡으로 매일의 글쓰기를 인증할 수도 있다. 10문장 정도의 글이라면 카톡으로도 충분히 소통 가능하기 때문에 구태여 카페를 만들지 않아도 실천이 가능하다. 실제로 많은 글쓰기 동아리들이 카톡을 활용해서 소통하며 서로의 글쓰기를 격려하고 지지하는 시스템을 만들어내고 있다. 다만, 글쓰기 근육이 좀 붙으면 당신은 좀 더 긴 글을 쓰고 싶을 텐데, 카톡 창은 불타오르는 당신의 창작욕을 마음껏 발산하기에는 좀 작은 감이 있다. 쓰다 보면 좀 더 넓은 창을 원하게 될 것이다.

글쓰기를 함께할 벗을 주변에서 찾기가 어렵다면 전문적인 글쓰기 카페에 가입하는 것도 방법이다. 저렴한 비용으로 당신이 글을 쓸 수 있는 환경을 마련해주고, 글쓰기를 격려해준다. 아는 사람보다는 모르는 사람이 독자인 편이 훨씬 마음이 편한 경우도 있기 때문에 상황에 맞춰 선택하는 것이 좋다.

여기에 한 가지를 덧붙이고 싶다. 나는 혼자서도 '100일 동안 매일 ○○하기'라는 프로젝트를 즐기는 편인데, 이런 마음이 들 때마다 101칸짜리 표를 만든다.

맨 위의 한 줄은 내가 이루고 싶은 목표와 그것을 완수했을 때 내가 나에게 줄 보상을 적는다. 나머지 100칸에는 날짜를 적는다. 그리고 약속을 지킬 때마다 날짜에 동그라미를 그린다. 100개의 동그라미가 다 채워지면 뿌듯한 마음으로 나에게 보상을 한다. 마침내 100일을 다 채웠을 때 나에게 보상을 하려고 하는데 돈이 없으면 정말 슬플 테니까 매일 1000원씩 저금통에 넣는다. 10만 원이 모였고, 나는 목표를 달성했다. 이제 틈틈이 검색해둔 재킷을 주문하면 된다. 그 옷은 나에게 아주 특별한 의미가 있는 옷이 될 것이고, 그 옷을 꺼내 입을 때마다 내가 특별한 사람이라는 행복감에 젖어들 것이다.

여기까지 쓰다가 구글 플레이스토어에 들어가 '100일'을 검색해봤다. 그러면 그렇지. 엄청나게 편리한 어플들이 지천에 널려있다. 아마도 90퍼센트 이상의 확률로 당신은 스마트폰을 사용하고 있을 것이니 나처럼 구식으로 101칸을 그리지 말고 목표 달성 어플을 설치하면 되겠다. 그렇지만, 그럼에도 불구하고, 책상 앞에 붙여놓은 표에 하루하루 동그라미를 그리는 그 손맛은 포기하기 어려운 기쁨이기는 하다.

완성된 문장으로 쓰자

10문장 쓰기가 그럭저럭 글쓰기로 발전하기 위해서는 명심해야 할 두 가지 원칙이 있다. '완성된 문장'으로 쓴다. 카톡체로 쓰지 않는다.

당신의 카톡창을 열어 오고 간 대화를 살펴보자.

- 비 소식 있네용~ 뜨든~
- 우비 입고 걸으러…
- 가시죠.
- 언제요?
- 우산 준비하고 출근했어요.
- ㅠㅠㅠ 비라니

- 여러분 점심 맛있게 드시고 흐리지만 기분 좋은 하루 보내
  세요.

- 네 ○○님도 맛점하시고 기분 업되는 하루 되세요~

- ☺

- ((음식 사진))

- ((음식 사진))

비 예보가 있던 흐린 날의 오전, 단톡방에서 나눈 훈훈한 대화이다. 이 대화를 나누는 동안 나는 마음이 따뜻해졌고, 활력도 생겨나는 기분이었다. 하지만 앞뒤 맥락 없이 이걸 글자로만 읽고 있는 여러분들은 '이게 뭐지?' 싶을 것이다. 너무 많은 것이 생략되어있고, 너무 많은 것이 말 이외의 것으로 대체되어있다. 계속 나오는 ~이나 ㅠㅠ는 정확히 어떤 의미일까? 왜 뜬금없이 우비를 입고 걸으러 나가지? 줄임말이나 이모티콘, 이미지 사진 등으로 대체되었던 자리에 '문장'을 넣자.

① 일기예보를 확인하니 잠시 후에 비가 올 예정이라고 한다. ② 좋은 기분은 아니다. ③ 코로나가 다시 확산된다는 소식에 마음이 움츠러드는데, 비가 온다는 소식이 더해지니 더

위축되는 느낌이다. ④ 매일 걷기 운동을 결심했는데, 비가 오면 어쩐단 말인가. ⑤ 그런데 함께 매일 걷기를 실천하고 인증을 하기로 약속한 단톡방 친구가 우비를 입고 걸으러 나간다는 메시지를 보냈다. ⑥ 아, 그렇구나. ⑦ 그렇게 많은 비가 오는 것이 아니라면 우비를 입거나 우산을 쓰고도 걸을 수 있구나. ⑧ 장애물을 만났다고 우울해할 것이 아니라 그걸 극복할 방법을 찾아야 한다는 것을 깨닫는다. ⑨ 20분 정도 거리에 있는 맛집까지 걸어가서 점심을 먹었다. ⑩ 돌아올 때도 20분을 걸었으니 오늘은 40분 걷기에 성공한 셈이다.

ㅠㅠ 자리에 '마음이 움츠러든다' '위축된다'라는 표현을 넣어본다. 또 어떤 말을 넣을 수 있을까? 슬프다, 울적하다, 마음이 묵직하다, 가슴 한구석이 콱 막힌 것 같다, 눈물이 날 것 같다, 울고 싶다…. 10가지도 더 생각해낼 수 있을 것이다.

다음은 수능 모의고사를 보던 날, 1교시 국어 영역을 마친 뒤 나눈 학생들과의 대화다.

– 쌤, 오늘 국어 정말 빡쳐요.

– 진짜 개 어려웠어요.

나의 대답.

- 어려웠다면 얼마나 어떻게 어떤 점에서 어려웠는지, 그
래서 어떤 마음이 들었는지 정확한 단어로 표현하지 않고
계속 빡치며 개 어려웠다고 말한다면 네 국어 시험은 계속
개 어려울 것이고, 성적표는 언제나 널 빡치게 할 것이다.

이런 것을 두고 사회학자 엄기호는 "언어의 해상도를 높인
다"고 표현했다. 정말 해상도 높은 표현 아닌가. 글을 쓰기 전
에는 흐리멍텅하고 어사무사했던 일들이 글을 쓴 뒤에 뭔가
정리된 느낌이 들 수 있게 하려면 좀 더 명료하게 쓰려고 노력
해야 한다. 카톡체로는 그게 잘 안 된다.

제목은 큰 도움이 된다

어떻게 써도 내 글은 일기 같고, 마냥 의식의 흐름을 따라 흐르
는 글 같다고 느껴질 때, 망한 글 심폐소생술 1호가 있다. 제목
을 붙이는 것이다. 아무리 헐렁헐렁한 글이라도 일단 제목이

붙으면 그럴듯해 보인다. 그러니 글이 뭔가 미심쩍다고 느껴질 때는 제목을 붙여보라. 제목은 독자가 글을 읽을 때 길을 잃지 않도록, 글쓴이의 의도를 짐작하며 글을 읽도록 도와주는 기특한 역할을 한다.

글을 다 쓴 뒤에 제목을 붙이는 것도 좋지만 더 좋은 것은 일단 제목부터 써놓는 것이다. 제목을 쓰고 엔터키를 두 번 눌러보자. 문서창의 커서가 하얀 백지의 좌측 맨 꼭대기에서 깜빡거리고 있을 때보다 꽤 안심이 된다. 벌써 세 번째 줄을 쓰기 시작했으니까.

제목은 또한 글의 방향을 정해 글 쓰는 이가 길을 잃지 않도록 도와준다. 글 속에서 길을 잃는 것은 독자만이 아니다. 글쓴이는 더 자주 길을 잃는다. 커피 이야기를 쓰려고 했는데 쓰다 보니 남편 이야기를 쓰고 있기도 하고, 달리기에 대한 글을 쓰려고 했는데 술 마시고 정신줄 놓으면서 벌였던 낯 뜨거운 일로 생각이 흘러간다. 이걸 그냥 내버려두면 바로 의식의 흐름대로 쓴 글이 되어버린다. 뭔가 진지하게 쓰기는 했지만 나 말고는 이게 무슨 얘기인지 영 알아먹을 수 없다. 사실 글쓴이도 그게 뭔 소리인지 모르기도 한다.

미리 제목을 붙여놓으면 이 부분을 조금은 방지할 수 있다.

제목을 쓴다는 행위 자체가 우리 머리에 일정한 경로를 확보해주는 것 같다. 자동차 내비게이션에 목적지를 입력해놓으면 우리가 중간에 경로를 벗어나거나 좌회전할 기회를 놓치더라도 내비게이션은 목적지로 갈 수 있는 새로운 경로를 탐색해서 알려주지 않나. 이게 제목이 가진 힘이다. 에세이 작가 김신회는『심심과 열심』에서 "무엇을 쓰더라도 이 이야기에서 벗어나지 말 것"을 스스로에게 인지시키기 위해 제목을 단다고 말했다.

그런데 소재는 제목이 아니다. 지금 쓰고 있는 글이 '제목'에 대한 것이라고 해서 제목을 '제목'이라고 붙여서는 곤란하다는 것이다. 이런 제목으로는 독자를 유혹하기도 어려울뿐더러 나 자신도 매혹되기 어렵다. '제목이 중요하다' '다른 건 몰라도 제목만은' '제목의 위력' '내 글의 내비게이션, 제목'처럼 쓰고자 하는 내용에 맞으면서 일정한 방향이 있는 제목을 붙일 것을 권한다.

문제는 그렇게 제목을 붙이고 썼다고 해도 그 결과가 내가 제목에서 의도한 것과는 상당히 달라질 수 있다는 것이다. 글을 쓰는 동안에도 내 생각은 계속해서 성장하고 변화하기 때문에 처음 마음먹었을 때와는 다른 결과물이 나올 수 있다. 이건 결코 잘못되었거나 나쁜 결과가 아니다. 글을 쓰는 동안 계속 성장하고 변화할 수 있기 때문에 글을 쓰는 것이니까. 천만다행으로, 제목과 나는 백년가약을 맺은 사이가 아니다. 마음에 안 들면 언제든 고칠 수 있다.

제목의 안내를 받아 글을 쓰기 시작하고, 글을 다 쓴 뒤에는 마지막으로 제목을 손보자. 이전보다 훨씬 멋진 결과물을 얻을 수 있을 것이다.

글쓰기를 둘러싼 '미신'을 넘어서자

어떤 분야이든 마찬가지겠지만, 글쓰기의 세계에도 미신이 있다. 미신들이 다 그렇듯이, 얼핏 생각하면 굉장히 그럴듯하고 설득력도 있어 보여서 우리는 쉽게 현혹된다. 하지만 미신은 미신일 뿐이다. 계속 그 미신을 신봉하고 있으면 어지럽고 번잡할 뿐이다.

첫 번째, 필사의 미신

필사를 통해 글쓰기 능력을 향상할 수 있다는 믿음이 상당

히 널리 퍼져있다. 필사는 참 좋다. 책의 뜻을 깊이 새기기에
도 좋고, 마음을 단정하게 하는 데도 좋다. 글씨 모양에도 신경
을 쓴다면 예쁜 글씨를 쓰는 데도 도움이 될 것이며, 다 쓴 필
사노트를 바라보며 마냥 뿌듯한 마음이 드는 것도 정신 건강
에 도움이 될 것이다. 하지만 딱 그 정도다. 필사를 하는 동안
대개의 사람들은 바느질을 하거나 뜨개질을 하거나 하염없이
걸을 때와 마찬가지로 무념무상의 상태에 이르게 된다. 이런
상태가 글을 쓸 때의 상태와 완전히 다르다는 것은 누구든 짐
작할 수 있을 것이다. 글쓰기 능력은 글쓰기를 통해서만 향상
될 뿐이다.

두 번째, 일기의 미신

열심히 일기를 쓰다 보면 어느 날 글쓰기를 잘할 수 있게 될
까? 분명 필사보다는 효과가 있겠지만, 일기는 분명 한계가 있
는 방식이다. 쓰지 않는 것보다는 낫겠지만 결코 충분하지 않
은 방법이다. 일기는 혼자 읽으려고 쓰는 글이기 때문이다. 나
는 평생 일기를 쓰고 수십 권의 일기장을 소장하고 있는 사람
을 몇 명 알고 있다. 그들은 매일 일기를 쓰지만 일기 이상의
글을 쓰지는 못한다. 나 혼자 보는 글은 수많은 생략과 비약,

제멋대로의 결론, 중구난방, 횡설수설을 허용하지만 독자가 한 명이라도 있다면 그 글에는 질서가 필요하다. 필요한 질서를 갖추기 위해 노력하는 동안 우리의 글은 일기를 넘어 독자를 가진 글이 된다.

그렇다면 어떤 독자를 상대로 글을 써야 할까? 시작 단계에서는 친절하고 사려 깊은 독자가 필요하다. 나는 100일 글쓰기 프로젝트를 친한 직장 동료들과 함께했는데, 이들은 친절한 독자였기 때문에 언제나 내 글에 갈채를 보내주었으며, 사려 깊은 독자였기 때문에 적절한 질문을 던져주어 다음번 글쓰기를 위한 디딤돌을 마련해주었다. 나 또한 그들에게 친절하고 사려 깊은 독자가 되어주기 위해 많이 노력했다. 작은 규모의 글쓰기 공동체를 만들고 그 독자들을 향해 글을 써본다면 어리고 여린 내 글을 그냥 세상에 내보내는 것보다는 안심이 될 것이다.

글쓰기 공동체를 이룰 사람은 가족이 아닌 사람이 좋다. 내 삶과 너무 많이 엉켜있는 사람을 독자로 상정하면 제대로 글을 쓸 수 없다. 끊임없이 자기 검열을 하게 될 우려가 있기 때문이다.

세 번째, 첫 문장의 미신

첫 문장이 중요하다고? 맞다. 그러나 그 첫 문장이 첫 번째로 쓰는 문장이라는 턱도 없는 생각을 하는 것은 아니겠지? 당신이 첫 번째로 쓴 문장은 일곱 번째 줄의 문장이 되거나 삭제될 가능성이 크다. 그러니 너무 공들이지 말고 그냥 쓰라. 앞에서도 이야기했듯이 첫 문장은 당신 글의 맨 앞에 놓일 문장이지 당신이 처음 쓰는 문장이 아니다.

네 번째, 글쓰기 책의 미신

글쓰기 책을 읽는 것은 글쓰기에 도움이 될까? 어느 정도는 도움이 된다. 글쓰기 책을 많이 읽는 것은 글쓰기에 큰 도움이 될까? 아니다. 글쓰기 책들은 다 고만고만한 얘기를 하고 있고, 결론은 늘 한 가지이다. 일단 쓰라는 것. 그러니 일단 쓰라.

계속 이야기하지만 우리는 지금 『안나 카레니나』를 쓰려는 것이 아니다. 그냥 100일 동안 꾸준히 글쓰기를 해보려는 것일 뿐이다. 그 정도 글쓰기 능력은 누구에게나 있다. 지금 이 글을 읽는 사람은 초등학교 졸업 이상의 학력을 갖추었을 것이고, 우리는 이미 초등학교에서 글을 쓰는 것을 배우고 익혔다. 우리에게는 더 많은 이론이 필요한 것이 아니다. 더 많은 글쓰기가 필요할 뿐.

다섯 번째, 좋은 글감의 미신

좋은 글감을 구하면 글쓰기가 잘될 것 같은데, 내 삶은 너무 밋밋하고 평범해서 글로 쓸 만한 것이 못 된다고 생각할 수 있다. 맞다. 내가 만약 산티아고 순례길을 완주했다든지, 세계 일주를 하는 중이라면, 글감 걱정은 안 해도 될 것이다.

하지만 좋은 글감은 재료일 뿐이다. 우리에게 투플러스 등급의 한우가 있다면 요리 솜씨를 걱정하지 않고 그냥 구워서 먹어도 맛있긴 할 테지만, 이걸 매일 먹는다고 생각해보라. 지겹지 않을까? 한우를 질리도록 매일 먹어본 적이 없어서 상상이 잘 되지는 않지만. 당신도 그럴 것이다. 그렇…겠지?

맛있는 겨울 무가 있는데, 내게 약간의 요리 솜씨가 있다면? 나는 무 하나로 무생채도 해 먹고, 무나물도 해 먹고 뭇국도 끓여 먹을 테다. 몇 끼를 먹어도 질리지 않을뿐더러 건강에도 좋다. 쌀은 어떨까? 우리는 매일 쌀로 밥을 해 먹는다. 거의 아무런 변형도 없이 그냥 밥을 짓는다. 그리고 맛있게 먹는다.

우리는 다른 사람들을 깜짝 놀래주려고 글을 쓰는 것이 아니다. 글감은 중요하지만 글감에 담겨있는 당신의 생각이 몇 배는 더 중요하다. 글쓰기에서 중요한 것은, 마음에서 일어나는 생각으로부터 달아나거나 적당히 끝내려 하지 않고 계속 마음을 다잡아 써내려가는 태도이다.

여섯 번째, 의지의 문제라는 미신

사람들은 '의지'가 제일 중요하다고 생각하지만, 의지란 놈은 정말 참을성도 없고, 의리도 없는 놈이어서 인정사정없이 도망가버린다. 그러니 의지에만 기대어 어떤 일을 도모하는 것은 실패가 뻔히 보이는 방식이다. 나는 의지란 놈이 도망가지 않도록 환경을 잘 갖추어야 한다고 생각한다. 시간을 만들고 장소를 만들고 도구를 준비하자. 예뻐질 거라는 보장도 없는데 옷과 화장품을 사는 데는 망설이지 않으면서, 왜 글쓰기에는 그렇게 하지 않는단 말인가. 글쓰기를 위한 '나만의 컴퓨터(이왕이면 노트북)'와 '나만의 장소'를 만들자.

아직 글을 쓰지도 않았는데 대뜸 컴퓨터와 책상이라니, 너무 성급한 것 아니냐고? 나는 어렸을 때 자전거가 너무 타고 싶었다. 그런데 자전거가 없어서 자전거를 타지 못했다. 자전거를 사달라고 했더니 자전거도 못 타면서 뭔 놈의 자전거 타령이냐며 야단만 맞았다. 이거 이상하지 않나. 자전거가 있어야 자전거 타는 법을 배우고 자전거를 타지. 글 쓰는 것도 마찬가지다. 컴퓨터라는 좋은 도구가 있는데 설마 공책에 글을 쓰려는 것이 아니라면, 내가 쓰려는 순간에 언제든 내가 차지할 수 있는 컴퓨터는 꼭 필요하다.

글쓰기에 대한 이런저런 조언을 늘어놓고 있지만 실은 내 글쓰기도 어쩌지 못해 허우적거리고 있는 내가 아닌가. 그런 내가 다른 사람의 글쓰기를 도울 수 있을까? 내내 이런 의문이 들었지만 한 가지는 분명하다. 뻔뻔한 여자만 글을 쓸 수 있다고, 나는 믿는다. 그러니 글을 쓰고 싶은 당신의 소망을 있는 대로 드러내라고, 좀 더 뻔뻔해지라고, 당신은 그럴 자격이 있다고, 이렇게 부추기는 일은 할 수 있을 것 같다.

당신은 한평생 겸손할 만큼 겸손했다. 이제는 뻔뻔해지자. 당당하게 당신만의 글쓰기 도구와 글쓰기 공간을 마련하라. 왜 안 되는가? 요즘은 아이들도 다 자기 컴퓨터가 있는 세상이다. 일곱 살짜리 아이도 자기 방이 있는 세상이다. 방법? 구하면 찾을 수 있을 것이다. 아이가 공부할 공간이 없어 공부를 못한다고 해보자. 가만히 팔짱만 끼고 있을 것인가. 어떻게든 궁리를 하겠지. 그런데 왜 나를 위한 일에는 팔짱만 끼고 있나. 아무도 날 위해 나서주지 않으니 내가 직접 나설 수밖에.

그래도 글감이 없다고?

기억할 것이다. 앞에서 구구절절 이야기한 우리 100일 글쓰기 팀의 고뇌를. 글감 하이에나의 고통을. 당신도 분명 그럴 것이다. 가장 좋은 것은 100일 프로젝트(나의 경우 달리기 혹은 몸 쓰기)를 진행하면서 그 프로젝트의 진행 과정을 100일 동안 글로 쓰는 것이다. 그러면 글쓰기와 프로젝트가 동시에 해결된다. 하지만 모두가 그렇게 하기는 어려울 것이다. 프로젝트에 따라서는 매일 그 결과를 글로 쓰기 어려운 경우도 있을 테니까. 이럴 때를 위한 해결책.

첫째, 하나의 큰 주제를 정해서 그 주제를 세분하며 계속 쓴다. 하나의 큰 주제로 100편을 쓸 수 있다면 좋겠지만 많은 경우 단박에 그렇게 되지는 않을 것이다. 그렇다면 하나의 주제로 5편, 10편 정도 쓴다고 생각하면 글감을 찾는 고통을 매일 겪지 않고 5일, 혹은 10일 단위로만 겪을 수 있다.

예를 들면 이런 것들이다.

- 민음사 세계문학 전집 읽기
- 나의 음식 이야기

- 나의 달리기 이야기

- 몸을 쓰는 나

- 나의 처음

- 나의 학급 운영

- 내가 좋아하는 드라마

- 올해 내가 잘한 일 BEST 10

- 내가 좋아하는 노래

둘째, 카드 100장을 준비한다. 카드마다 관심 단어를 적는다. 그 카드를 불투명한 봉투에 넣는다. 그리고 마구 섞는다. 오늘의 글쓰기 시간이 되었는가? 카드 하나를 뽑아라. '커피'를 뽑았는가? 그럼 커피에 대한 글을 쓰자. 딱 10문장만.

관심 단어 100개를 적는 것도 쉬운 일은 아니다. 일단 10개 정도 적어두고 생각날 때마다 하나씩 적어서 봉투 속에 넣어두자. 마치 저금을 붓는 것처럼 마음이 든든해질 것이다. 혼자 생각하기가 어렵다면 글쓰기 친구 몇 명이 함께 단어를 모아도 되고, 잡지나 신문, 책 등에서 단어를 주워도 된다.

이 단어 주머니를 하찮게 보면 안 된다. 장영은의 『쓰고 싸우고 살아남다』를 보면 아주 흥미로운 단어 상자 이야기가 나

달리기	50세	글쓰기	노트북	내 방	체력	발톱	커피	재미	등산
둘레길	도시락	점심	비	생일	수첩	건망증	바이러스	열쇠	휴대폰
은행	세탁기	겨울코트	레깅스	운동화	책상	김장	우울	기쁨	아기
하늘	미세먼지	남편	엄마	아빠	정우성	사진	고3	시험	수학
역사	마녀	호빵	쌀국수	제주도	지하철	카페	그림	영어	길찾기
운전	요리	미역국	월급	빚	집	의자	수영	빨래	양말
호텔	청소	다이어리	안경	영양제	화상	무릎	어깨	다이어트	스트레스
눈	크리스마스	마스크	선물	결혼	처음	지각	꿈	소원	복권
간식	귤	만두	청바지	고양이	강아지	병원	혈압	매미	바다
미용실	창문	파랑	빨강	검정	노랑	가방	지갑	분노	슬픔

온다. 헤르타 밀러(『숨그네』의 저자, 노벨문학상 수상)는 독재정권의 탄압을 피해 루마니아에서 독일로 망명했다. 망명할 때 그가 챙긴 것은 '단어 상자'였다. 신문, 잡지 등에서 글감이 되거나 영감이 될 만한 단어들을 오려 모아놓은 상자. 짐을 줄이고 줄일 때도 결코 놓을 수 없는 것 하나가 바로 단어 상자였다. 이 단어 상자는 작가로서의 꿈인 동시에 작가가 되겠다는 의지였던 것이다. 당신도 당신만의 단어 상자, 단어 주머니를 만들라.

여기서 단어를 고르라고 하지 않고, 그냥 뽑으라고 했다는 점에 유의하라. 구태여 단어를 고르려고 에너지를 쓸 필요가 없다는 뜻이다. 그런 에너지는 아꼈다가 글을 쓸 때 사용하자. 그렇지 않아도 우리는 기운이 달리니까.

셋째, 글감 메모장을 마련하라. 스마트폰에 메모장 어플을 깔아서 사용해도 된다. 나는 내 손바닥보다 조금 큰 노트에 계속 메모를 하고, 칼라노트라는 어플도 사용하고 있다. 어플을 사용할 때는 일상적인 메모와 글감 메모를 구분하기 위해 메모지의 색깔을 다르게 지정한다. 일단 글을 쓴 메모는 색깔을 바꾸어 헷갈리지 않게 관리하는 것도 중요하다. 50이 넘으면 자신의 기억력을 믿지 않는 것이 좋다.

무엇을 적을지는 전적으로 당신에게 달렸다. 나는 책을 읽고, 영화를 보고, 신문을 읽고, 우연히 카페 옆자리에 앉은 사람의 대화를 듣고 나면 내용이나 감상을 여기에 적는다. 일단 적어둔다. 이렇게 모아둔 메모는, 내가 글감 빈곤으로 허덕이게 될 어느 가난한 날(실은 거의 모든 날이 그렇다)에 허기를 면하게 해줄 소중한 자산이 될 것이다.

그래도 어렵다면 다음의 목록이 도움이 될지도 모르겠다. 이 중에 아무거나 골라서 쓰라. 선택하는 데 들어가는 에너지를 줄이는 방법은 그냥 순서대로 쓰는 것이다. 다음 목록을 다 쓰면 딱 100일을 채울 수 있다.

시작하는 마음 / 내 방 / 내가 좋아하는 것 / 친구 / 편의점 / 취향 / 이만하면 괜찮다 / 책 1 / 어른이 된다는 것 / 내 나이 ○○살에는 / 썸 / 인사이더, 아웃사이더 / 다이어리 / 우리 집 / 내가 잘못하고 있나 / 세월호 / 내가 가지고 있는 것 / 내가 버려야 할 것 / 기억 / 영화 1 / 배신 / 위험 / 우아함 / 사랑해 / 미안해 / 좋아해 / 괜찮아 / 기다릴게 / 열심히 / 대충 해도 괜찮은 것 / 쓰담쓰담 / 얼굴 / 달리기 / 글쓰기 / 노래하기 / 먹기 / 5.18민주화운동 / 책 2 / 나를 위로하는 것 /

글을 쓰고 싶은 이들에게 드리는 세 가지 질문

첫 번째 질문입니다. 왜 글을 쓰고 싶은가요?

글쓰기는 당신에게 아무런 약속도 해주지 않습니다. 글쓰기 때문에 당신이 더 부유해지거나, 더 건강해지거나, 더 유명해지는 일은 일어나지 않을 것입니다. 아주 높은 확률로 그렇습니다. 부유해지고 싶다면 돈이 되는 다른 일을 하는 것이 좋을 것이고, 건강해지고 싶다면 글을 쓸 시간에 헬스클럽을 찾는 것이 나을 것입니다. 유명해지고 싶다면 지금이라도 인스타그램이나 유튜브 쪽으로 시선을 돌리는 것이 합리적입니다.

글을 쓰는 당신은 분명 고통을 겪을 것입니다. 글이 풀리지 않아서 괴롭고, 글을 쓰며 마주하는 진실이 수치스럽고, 글을 쓰느라 시간의 부족을 겪게 될 것입니다. 안 하던 일을 삶에 추가하려니 고통스러운 일이 한두 가지가 아닙니다. 글을 쓸 시간과 에너지를 벌기 위해 당신은 지금까지 당신 인생에서 아주 익숙하고 즐겁게 했던 일들을 제거해야 할 수도 있습니다. 아무것도 약속해주지 않는 글쓰기를 위해 무언가를 버리기까지 해야 하다니 불합리하지 않나요?

인생은 정말 빌어먹게도 공평해서 누구에게나 24시간의 하루만이 주어집니다. 그 시간에 밥벌이를 위한 노동도 해야 하고 가족과 나의 생존을 위한 노동도 해야 합니다. 사회적 존재인 우리는 적당한 인간 관계 속에서 안심을 하는 만큼, 사람도 만나야 합니다. 먹고 사는 것이 전부여서는 안 되겠는지라 문화생활도 즐기고 싶습니다. 잠도 자고, 쉬기도 해야 합니다. 그 틈새에 글 쓰는 시간과 에너지를 만들어내야 하니 무언가는 포기해야 합니다. 저는 텔레비전과 '2차'를 버렸습니다.

그러니 일찌감치 글쓰기와는 거리를 두는 것이 상책입니다. 그럴 시간과 에너지가 있다면 다른 일에 투자해보세요. 글쓰기에 비해 효과는 즉각적이고, 결과는 확실한 일들이 세상에는 많이 있습니다. 가령 당구를 배워보는 것은 어떨까요? 인생이 더 즐거워지고 나이 들어서까지 즐길 수 있습니다. 사람들과 어울리기에도 딱 좋습니다. 노래는 어떤가요? 노래를 부르는 동안 당신은 즐거울 것입니다. 여러 모임에서 스포트라이트를 받을 수도 있고요.

이 지점까지 왔는데도, 글을 쓰고 싶다는 마음에 변함이 없다면 이제 진지하게 다시 묻습니다. 당신은 왜 글을 쓰고 싶은가요? 잔뜩 움켜쥐었다 싶지만 곧바로 손가락 사이로 스르륵 빠져나가는 모래 같은 일상에 물을 부어 모래성을 만들고 싶

나요? 기록하지 않으면 다 잊어버릴 것 같아 안타깝나요? 제철
을 만난 물고기 떼가 수면의 이곳저곳을 뚫고 뛰어오르듯, 내
마음에 솟구치는 생각들을 제대로 정리하고 싶은가요? 글을
쓰면서 일어나게 될 어떤 변화를 꿈꾸나요?

두 번째 질문입니다. 무슨 글을 쓰고 싶은가요?
글쓰기라는 것은 운동, 미술, 음악, 이런 용어들처럼 막연한
말입니다. 달리기와 수영이 결코 같을 수 없고, 수채화와 조각
이 완전히 다른 영역인 것처럼, 노래와 바이올린 연주가 완전
히 다른 일인 것처럼, 글쓰기도 완전히 다른 영역들을 포괄하
는 용어입니다. 그중에 당신이 원하는 글쓰기는 어떤 것입니
까? 일기? 편지? 에세이? 소설? 시? 어떤 것입니까? 에세이라고
가정해봅시다. 서평? 여행기? 자서전? 영화 감상? 수업 일기?
다 좋을 수도 있겠지만, 그럴 리가 없습니다. 분명히 이 가
운데 당신을 가장 강력하게 유혹하는 어떤 것이 있을 것입니
다. 아직 제대로 써본 적도 없는데 그걸 어떻게 분명히 하겠느
냐고 되물어보신다고 해도 계속 물어보겠습니다. 당신은 무슨
글을 쓰고 싶은가요? 지금 당장 쓰고 싶은 글은, 무엇에 대한
어떤 형식의 글인가요? 만약에 당신이 꾸준히 글을 쓰는 데 성

공하여 글쓰기 근육이 어느 정도 자리를 잡게 되었다면, 그때 쓰고 싶은 글은 어떤 글인가요?

쓰고 싶은 글의 내용과 형식이 분명하지 않을 때, 이런 방법도 가능합니다. 최근에 당신의 마음에 와닿은 세 편의 글을 모아봅니다. 세 권의 책이 아니라 세 편의 글이니 크게 어렵지는 않을 것입니다. 그 세 편의 글을 찬찬히 분석해봅니다. 어떤 지점에서 그 글이 당신의 마음에 파고들었나요? 내용? 논리 전개 방식? 문장? 사례? 그 세 편의 글에서 추려낸 공통 요소가 아마도 당신이 일단 도달하고 싶은 글쓰기라고 가정할 수 있습니다. 일단 그렇다고 믿고 출발해봅시다.

혹시 최근에 읽은 글 세 편이 없나요? 그럴 리가 없습니다. 우리는 알게 모르게 매일 수많은 글을 읽습니다. 마음에 와닿은 세 편이 없다면, 그건 좀 생각해볼 문제입니다. 당신이 진지하게 읽지 못하고 있다는 뜻이니까요. 읽지 않고 쓸 수 있는 방법은 세상에 존재하지 않습니다. 읽기가 쓰기로 이어진다는 보장은 없지만, 읽기가 전제되지 않은 쓰기는 불가능합니다.

당신은 당신이 쓰고 싶은 글을 읽습니다. 당신이 읽고 싶은 글을 쓰게 될 것입니다. 그러니 일단 당신이 쓰고 싶은 글을 구체화해봅시다. 어떤 글을, 어떤 형식으로 쓰고 싶은지 구체적으로 생각해보는 것이죠. 먼저, 쓰고 싶은 글을 정한 뒤 그와 유사한 글들을 찾아 읽어보는 것도 방법입니다. 서평을 쓰고 싶다면 서평을, 여행기를 쓰고 싶다면 여행기를 읽어봅시다. 그것으로 충분하지는 않지만 시작하는 데 도움이 됩니다.

세 번째 질문입니다. 글쓰기를 어렵게 만드는 것은 무엇인 가요?

첫 번째 질문에서는 글쓰기를 향한 당신의 열망을 확인했습니다. 두 번째 질문에서는 당신의 열망을 구체화했습니다. 열망이 있고, 열망을 구체화했다면 쓸 수 있는 것이 맞습니다. 잘 쓸 수 있는가는 다음 단계의 문제입니다. 일단 쓸 수 있습니다. 그런데 글쓰기가 어렵다면 어떤 지점에서 어려움이 있는지 살펴보아야 할 것입니다. 당신이 진심으로 원하고 있는데 그것을 현실로 만들어내지 못하게 하는 문제들은 무엇입니까?

상황이 문제가 될 수 있습니다. 매일매일이 너무 꽉 차있어서 도저히 시간을 낼 수 없나요? 그러면 글을 쓸 시간을 내야 합니다. 글쓰기는 에너지가 많이 필요한 작업입니다. 나쁜 소식을 하나 전해드리자면, 아무리 써도 쉬워지지 않습니다. 그러니 당신의 하루를 잘 살펴보아야 합니다. 글을 쓰지 않아도 우리의 하루는 꽉 차있습니다. 그런데 거기에 더하여 글까지 쓰려고 합니다. 당연히 안 됩니다. 무언가는 줄여야 합니다. 어떤 일을 빼고 그 자리에 글쓰기를 넣을까요?

글을 쓸 물리적인 공간이 없을 수도 있습니다. 제 책의 50퍼센트 이상은 식탁에서 태어났습니다. 저는 제 방이 따로 있지만 그 방에 틀어박힐 시간 여유가 생긴 것은 최근의 일입니다. 이미 식탁에서 글을 쓰는 것이 습관이 되어있어서 서재에서 자리만 차지하던 커다란 책상을 처분했습니다. 노트북을 올려놓을 아주 작은 테이블 하나가 제 글쓰기 공간입니다. 거실 구석이나 침대 옆도 괜찮습니다. 작은 테이블을 준비하세요. 저녁 식사 후 식탁을 정리하고 그 자리를 글쓰기 공간으로 써도 됩니다.

짐작컨대, 위 두 가지 문제보다는 다른 문제들이 더 클 것입니다. 하나는 무엇을 쓸지 모르겠다는 것이고, 다른 하나는 어떻게 쓸지 모르겠다는 것이겠지요. 두 문제는 달라 보이지만 하나입니다. 무엇을 쓸지 분명하게 정해지면 어떻게 쓸지는 저절로 해결됩니다. 하고 싶은 얘기가 있고, 우리는 한국말에 능숙한데, 그 얘기를 글로 쓰지 못할 이유가 없지요. 문제는 글감이겠군요. 글을 쓰겠다고 진지하게 마음먹는 순간 신기할 정도로 자연스럽게 글감이 나를 찾아옵니다.

글감도 정했습니다. 그런데 몇 시간씩 컴퓨터 앞에 앉아있어도 한 줄도 쓸 수가 없나요? 글감이 구체적이지 않기 때문입니다. 내가 쓰고자 하는 것에 대해 잘 알지 못하기 때문입니다. 충분히 생각하지 않았기 때문입니다. 그러면? 다시 자료 조사와 구상 작업으로 되돌아가야 할까요? 아닙니다. 듬성듬성 일단 쓸 수 있는 것부터 쓰면 됩니다. 일필휘지로 처음부터 끝까지 정연하게 쓴다는 것은 꿈도 꾸지 말아야 합니다. 대개의 경우, 글은 그렇게 써지지 않습니다. 쓰면서 찾습니다.

당신에게 세 개의 질문을 던졌습니다. 당신의 대답이 궁금합니다. 글쓰기에 대한 당신의 열망을 확인하고, 구체화하고, 당신의 글쓰기를 가로막는 결정적인 장애물이 무엇인지를 생각해보셨으면 좋겠습니다.

조금 긴
에필로그

다시, 발톱

다시 발톱 이야기로 돌아갈 때가 왔다. 이 책 앞부분에 나오는 발톱 이야기를 기억하는가. 무좀인 줄 알고 갔다가 노화 판정을 받고 쓸쓸히 돌아왔다는 사연. 나의 길고 긴 '노화 리스트'의 한 자리를 당당하게 차지하고 있던 발톱. 그 발톱 이야기를 다시 해야겠다.

어느 날 발톱을 깎다가 놀라운 사실을 발견했다. 내 발톱이, 말라서 퍼석퍼석해지면서 이상한 모양으로 변해가던 발톱들이 80퍼센트 정도 멀쩡해졌다. 어라? 어떻게 이런 일이 생긴 거지? 곰곰 생각해보았다. 그리고 퍼뜩 떠오르는 해답. 발가락이 퍼지자 발톱이 살아나기 시작한 것이다.

필라테스를 하던 중이었다. 선생님이 이렇게 말했다.

– 현희 님, 너무 잘하려고 애쓰지 마시고 그냥 하세요.

무슨 소리인가 의아해하는 내게 돌아온 설명. 나는 새로운 동작을 할 때마다 온몸이 굳는다는 것이다. 잘하려고 하는 마음이 앞서서 그런 거라고, 그냥 할 수 있는 만큼만 하라는 것. 무슨 말인지 알 것 같았다. 모든 과제 앞에서 결연해지면서 기필코 클리어해내야 직성이 풀리는 나는, 운동을 할 때도 그 태도를 그대로 유지하고 있었다. 안 되는 동작을 기어코 해내려고 하는데, 그게 잘 되지 않으니까 이상한 데 힘을 주게 되는 것이다.

누구에게나 이런 비슷한 경험이 있을 것이다. 스트레칭을 열심히 했는데, 다음 날 목이 굳어서 돌아가지 않거나 어깨가 뻣뻣해졌던 경험. 안 되는 동작을 무리해서 하느라 어깨나 목에 힘을 주어서 그런 것이다. 나도 마찬가지였다. 뻣뻣한 목과 굳은 어깨는 평생 나를 괴롭혀왔다. 그런데 달리기를 하면서 목과 어깨의 통증이 많은 부분 해결되었기 때문에 열심히 달리기를 할 수 있었던 것 같다.

그런데 이번에 지적을 받은 것은 목과 어깨가 아니었다. 발가락이었다. 무엇을 하건 발가락에 너무 힘을 준다는 것이다.

 - 자꾸 그러니까 발가락이 이렇게 오그라들었잖아요. 발가락이 숨을 못 쉬어서 발톱 모양도 변했고요.

그러면서 내게 물었다. 혹시 볼이 좁은 구두나 하이힐을 즐겨 신느냐고. 무슨 말씀. 제 발은 평생 하이힐 따위는 경험하지 못한, 순수 그 자체의 발이라고요. 저는 죽으나 사나 운동화예요.

내 발가락은 틈 없이 바짝 붙어있다. 마치 해변에서 발로 모래를 움켜쥐려고 하는 것처럼. 그냥 가만히 있어도 그렇게 생겼고, 힘을 주면 더 오그라든다. 나는 그냥 내 발이 그렇게 생긴 줄 알았는데, 몸을 잘못 써서 이렇게 된 거였다고?

다른 사람들이 다리를 쫙쫙 찢고 몸을 비틀며 현란한 동작을 하는 동안, 나는 계속 발을 폈다. 발가락 아래 도톰한 부분 전체와 뒤꿈치 부분 전체를 사용해 바닥을 딛고 다리에 힘을 주는 연습, 발바닥 아치를 사용해서 다리를 움직이는 연습을 징글징글하도록 계속했다.

집에서는 '필라테스 고양이 양말'이라는 것을 신었다. 이 양말은 신고 있는 동안 발가락 사이를 벌려주는 역할을 한다. 신고 있으면, 엄청나게 애정 가득한 눈으로 봐주었을 때 고양이 발 같아 보여서 그런 이름이 붙었는지는 모르겠다. 처음에는 이 양말을 신고 있는 것만으로도 발등 뼈까지 아팠다. 운동하러 가서 발이 뒤틀리는 고문을 당하고 오고, 집에서 쉴 때도 양말로 나를 고문하는 것은 너무 변태 같은 짓 아닌가 하는 생각까지 했다.

나는 운동을 계속하고 고양이 양말을 계속 신었지만 발가락에 대해서는 잊어버리고 있었다. 그냥 하던 일이니 계속했을 뿐. 그런데 어느 볕 좋은 날, 베란다에 앉아 발톱을 깎다가 깨달은 것이다. 내 발가락이 펴지고 발톱이 조금씩 살아나고 있다는 사실을. 너무 기뻐서 눈물이 날 것 같았다. 더불어 평생 나를 따라다니던 왼발 새끼발가락의 티눈도 사라졌다.

내가 허튼 짓을 할 때마다 긴 발가락으로 나를 꼬집던 할머니의 발가락이 오랜 세월을 뚫고 기억의 수면을 솟구쳐 올라왔다. 기억을 더듬어 올라가니 어린 시절의 나는 발가락이 길었다. "저 년은 발가락까지 나를 닮았어!"라고 말하던, 할머니의 심통 맞은 어조도 떠올랐다.

발가락이 오그라들고, 발톱이 죽도록 힘을 주고 애쓰며 살아온 세월을 생각한다. 그 나름대로 중요한 의미가 있었을 것이다. 그렇게 애썼던 시간의 가치를 부정할 생각은 없다. 그러나 이제는 그렇게 애쓰지 않으려 한다. 반백 년이면 충분하다. 이제 나에게 좀 관대해지자. 이 마음을 잊지 않으려고 발가락 사진을 찍었다. 작게 인화해서 책상 앞에 붙여놓으려고 한다. 내가 또 너무 애쓰려고 할 때마다 이 발가락을 생각할 것이다.

우리는 서로에게 희망이 된다

언니가 내게 말했다.

- 지나고 보니 50대는 참 좋은 나이였어. 그러니 너도 즐겁게 지내.

11살 위인 언니를 보면 나이를 먹어도 괜찮겠다는 생각을 하게 된다. 언니 덕분에 나의 10년 후가 두렵지 않다. 나도 누군가에게 10년 후가 두렵지 않게 해줄 사람이 되고 싶다. 누군가는 나로 인해 앞으로의 날들을 설레며 맞이했으면 좋겠다.

좀 더 일찍 정신을 차렸더라면, 조금 더 젊은 나이에 지금처럼 열심히 운동을 했더라면, 하는 후회가 없다면 거짓말이다. 하지만 좀 더 늦을 수도 있었는데 지금이라니 다행 아닌가. 게다가 50대는 무언가를 시작하기 참 좋은 나이이다. 정말로 이제야 시간이 났다. 내 마음대로 할 수 있는 시간이 생겼다. 이제는 퇴근 후에 서둘러 어린이집으로 달려가지 않아도 되고, 남편이 귀가해 육아 업무를 교대해주길 목 빠지게 기다리지 않아도 된다. 그냥 나 하나만 잘하면 그게 가족 모두를 위한 최선이 되는 날이 온 것이다. 3주 걸러 1주씩 월경을 하느라 움직임이 제한되던 날도 끝났다. 나는 '여성'으로서의 복무 기간을 막 끝마쳤다.

이런 생각을 나만 한 것은 아닌 모양이다. 문화인류학자인 마거릿 미드는 월경과 월경전증후군에서 해방된 여성들이 겪는 자유롭고 활기찬 생애주기를 두고 PMZ(완경후활력기, Post-Menopausal Zest)라는 이름을 붙였다. 이름을 바꿔 부르는 것만으로도 마음이 경쾌해진다. 나의 완경후활력기를 최선을 다해 즐겨볼 생각이다. 나는 자유다!

아이가 중학생이던 시절, 그러니까 40대 중반쯤에 아이와 함께 그림을 배우러 다녔다. 그때 70을 바라보는 여성분이 함께 그림을 배웠다. 그분을 만나는 일이 즐거웠다. 내 인생도 최소한 20년 이상 무언가를 배울 가능성이 있다는 뜻이니까. 그래서 그 그림 강좌가 끝나는 날 소감을 나누며 그 얘기를 했다. 당신이 내게 희망이라고.

어린 아기를 남편에게 맡기고 그림을 배우러 왔노라는 30대 초반의 젊은 여성이 내 이야기를 받아 이렇게 말했다. 다 자란 아이와 함께 그림을 배우러 오는 것을 보며 희망을 품게 되었다고. 나도 10여 년 후면 저렇게 할 수 있겠구나, 생각하니 즐겁다고. 우리는 서로에게 롤모델이 되었던 것이다. 우리 사회에서 여성은 자기가 원하는 일을 실행에 옮기기만 해도 누군가에게 희망을 줄 수 있다. 내 목표는 백발이 되어도 달리기를 하는 것이다. 그 나이가 되면 그냥 달리고만 있어도 사회공헌이 된다. 누군가 나의 달리기를 보고 희망을 품을 테니까.

나의 몸 쓰는 100일 이야기를 100일 동안 읽어온 독자들이자 100일 글쓰기를 함께 해온 동지들 가운데 두 명이 달리기를 시작했다. 한 달 동안 매일 달렸다는 둥, 지난달에는 총 100킬로미터를 달렸다는 둥, 마음먹고 달렸더니 쉬지 않고 10킬로미터를 달리게 되었다는 둥, 이런 믿기지 않는 소식들이 연일들려온다. 두 명 모두 내가 접대 달리기로 영접했던 친구들이다. 이 두 사람도 접대 달리기로 다른 친구를 달리기의 세계로 친절히 안내해줄 것이고, 이 즐거운 연쇄가 끝없이 이어질 것을 상상하니 너무 즐겁다.

요즘 나는 이런 것들로 나를 돌보고 있다

첫째, 지치지 않을 정도로 달리기. 특별한 상황이 아니라면 매일 달리지는 않는다. 여행지에서라면 매일 달리는 것도 괜찮다. 바로 이런 날 꺼내 쓰려고 매일 체력을 비축해온 거니까. 더 오래 달리기 위해 달리기를 함부로 낭비하지 않는다고나 할까? 전보다 더 멀리, 더 오래 달린다. 달리기를 시작했을 때 3~4킬로미터도 힘에 겨웠지만, 요즘은 한번 달리면 5~6킬로미터를 달린다. 기분이 내키면 더 많이 달리기도 한다.

초반의 비루함을 넘어 달리기가 익숙한 단계로 넘어가면 지루함이 찾아온다. 이 지루함을 이겨내기 위해 나 혼자 각종 이벤트를 만들고, 참가한다. 친구와도 달리고 기꺼이 접대 달리기에도 나선다. 좋은 곳을 찾아가 달리기도 한다. 역병의 시대

인지라 마라톤 대회가 열리지 않아 많이 아쉽지만, 요즘은 각자 달리고 온라인으로 인증하는 버추얼 러닝이 많아져서 여기에 참가하는 재미를 누리고 있다.

둘째, 매일 글쓰기. 여전히 100일 글쓰기를 하고 있다. 지금은 시즌 4가 진행 중이고 며칠 전에 반인반수의 날(50일이 되는 날)을 지났다. 역시 역병의 시대라서 반인반수 파티는 하지 못했다. 아마도 100일 달성 파티도 어렵겠지. 이런 시절이 오니 100일 글쓰기가 더욱 빛난다. 우리는 매일의 글쓰기를 통해 카톡이나 메시지로는 따라갈 수 없는 깊은 대화를 나누고 있다. 우정과 연대가 깊어지자 우리는 서로의 지지를 믿으며 과감한 도전을 하고, 서로의 격려에 힘을 얻어 꾸준히 실천을 한다. 나날이 성장하는 벗들과 함께하는 것은 언제나 가슴 설레는 일이다. 큰일이다. 나는 이제 그냥저냥한 우정으로는 견딜 수 없는 사람이 되어버렸다.

셋째, 독서클럽. 독서토론 모임도 하고, 희곡 낭독 모임도 하고, 어려운 책 함께 읽기 모임도 하고 있다. 내가 호스트가 되어 다른 사람들을 초대해서 모임을 하기도 하고 친한 친구들과 정기적으로 독서토론을 하기도 한다. 요즘 한창 재미를 붙인 것은 희곡 낭독 모임이다. 2019년 제주 전지훈련 때 밤마다

했던 희곡 낭독을 요즘은 정기적으로 친구들과 함께 하고 있
다. 온라인으로 모여 목소리를 나누며 희곡을 읽는데, 이 재미
가 각별하다.

읽고 싶었으나 미뤄두고 있던 책을 함께 읽는 모임도 있다.
한나 아렌트, 마사 누스바움 같은 쟁쟁한 학자들의 책을 조금
씩 읽고 카톡으로 인증을 한다. 함께 격파한 벽돌책이 쌓이면
서 자존감과 우정도 그만큼 든든하게 쌓이는 중이다.

우리 서로 팰롱팰롱하자

오는 듯 마는 듯 비가 오는 아침이다. 알 수 없는 힘에 이끌려,
알람도 울리지 않았는데 아주 이른 아침에 깼다. 아직도 사방
이 어둑어둑하다. 주섬주섬 옷을 갈아입고 집을 나섰다. 가볍
게 몸을 풀고 천천히 달리기 시작한다. 오른쪽으로 바다를 끼
고 4킬로미터를 달려갔다가 다시 왼쪽으로 바다를 바라보며 4
킬로미터를 되돌아왔다. 바다가 턱까지 차오르다가 한순간 와
락 달려들기도 하고, 저 멀리 펼쳐지기도 하는 길을 따라 달리
는 동안 근심은 발밑으로 찬찬히 가라앉고, 활력은 위로 올라

와 가슴을 채운다. 아주 단순한 행복감이 밀려온다. 나는 지금 제주의 바닷가를 달리고 있다.

달리기 어플에서 8킬로미터를 조금 넘겨 달렸다는 기록을 보자 달리기를 멈추기가 살짝 망설여진다. 아직 다리가 피로하지 않은데, 이대로 2킬로미터를 더 달려서 10킬로미터를 채우고 싶은 욕심이 생겨난다. 하지만 오늘은 중요한 일을 앞두고 있기에 이 정도에서 멈추기로 한다. 이제 달리기와 글쓰기로 새로운 궤적을 그리게 된 나의 이야기를 마칠 때가 되었기 때문이다. 나는 이 이야기를 제주에서 마치고 싶었다. 이 모든 일이 시작된 곳이 제주였기에, 이 이야기를 마치는 것도 제주에서인 것이 마땅하다고 생각했다.

다시 읽어봐도 대단한 이야기는 아니다. 작고 통통하고 나이 먹은 아줌마가 그냥 동네 주변을 느릿느릿 달린 이야기이다. 이대로 주저앉아, 성큼성큼 걸어가는 다른 사람의 뒷모습을 바라보며 부러워만 하기에는 아직 너무 젊어서 필사적으로 기운을 내본 이야기이다. 마라톤 완주를 넘어서 울트라 마라톤, 철인 3종 경기까지 있는 세상에 나의 지지부진한 달리기 이야기를 내놓으려고 하니 가슴이 다 벌렁거린다.

함부로 살아온 반백 년 세월에 항의라도 하듯, 내 몸의 구석

구석이 아우성을 치고 있는데, 나는 어찌할 바를 몰라 황망했다. 체력이 떨어지는 만큼 생의 활력도 떨어지고, 나는 순간순간 솟구치는 짜증을 억누르며 하루하루를 근근이 살아내고 있었다. 세상에는 운동에 대한 조언이 넘쳐나는데, 나 같은 아줌마가 달리기를 할 때 기댈 든든한 언덕은 없었다. 혼자서 좌충우돌하며 달리기로 내 몸을 돌보고, 매일 글쓰기로 내일 달려나갈 동력을 만들어냈다. 대단한 결심을 하지도 않았고, 그럴듯한 목표를 세우지도 않았다. 그저 오늘 치의 몸 쓰기와 글쓰기를 했을 뿐. 그런데 그로부터 많은 것이 달라졌다.

꾸준한 운동으로 몸이 달라지기 시작하면서 내 생활은 다채로운 색깔로 물들기 시작했다. 체력이 생기자 인생을 정면으로 마주 볼 용기가 생겨나고 더 과감한 도전을 할 수 있게 되었다. 심지어 체력이 좋아지면서 인성도 조금 좋아졌다. 그동안 내가 까칠했던 것은 나의 본질적인 결함이라기보다는 살아가는 게 힘에 부친 탓이었다는 것도 알게 되었다.

그리고 가장 중요한 것. 내가 100일의 약속을 지켜내고, 또 다른 100일을 약속하고 또 지켜내면서 4번의 시즌을 넘기는 동안 달리고 글쓰기를 멈추지 않을 수 있었던 것은 전적으로 나의 몸 쓰기와 글쓰기에 아낌없는 지지와 성원을 보내준 벗들 덕분이었음을 깨닫는다. 달리는 일도 글을 쓰는 일도 혼자 하는 일이지만, 실은 혼자가 아니었기 때문에 꾸준히 할 수 있었다.

나의 깊고 뜨거운 마음을 담아 100일 글쓰기 벗들에게 감사의 인사를 전한다.

꽃쌀 님, 얼룩말 님, 릴리안 님, 들로리스 님.

고마워요. 이 책에 쓴 모든 일들이 당신들 덕분입니다.

부디 바라건대, 이 책을 읽는 독자들도 세상에서 가장 소중한 자기 자신을 돌보는 방법으로 '100일의 약속'을 하게 되기를 바란다. 꼭 해보고 싶었으나 잘되지 않았던 일(나의 경우 달리기)을 하기로 결심하고, 그 100일 동안 꾸준히 글을 써보는 것이다. 100일의 약속을 이루었다고 해서 경천동지할 일은 일어나지 않을 테지만, 나에게 사소한 변화가 일어났음을 깨닫게 될 것이다. 남들은 잘 몰라도 나는 알 수 있는 변화, 입꼬리가 살짝 올라가며 나를 조금 더 사랑하게 되는 그런 변화.

그 변화가 가져오는 행복은 싱싱한 것보다 훨씬 커서, 당신은 100퍼센트의 확률로 100일의 약속 시즌 2를 시작하게 될 것이다. 그렇게 특별한 100일들이 계속 쌓여갔으면 좋겠다.

이번에 제주에 와서 참 좋은 단어를 하나 알게 되었다. 팰롱팰롱. 반짝반짝의 제주 말이다. 팰롱팰롱이라는 말이 마음에 들어오자 계속 입 속으로 팰롱팰롱을 주문처럼 외우고 있다.

한때는 뛰어 노는 것을 좋아하는 어린아이였던,

언젠가는 노인이 될,

혹은 이미 노인이 된,

자기 몸을 사랑하고 싶은

모든 여자 친구들에게 이 책을 바친다.

부디 당신의 몸과 마음이 팰롱팰롱하기를.

나도 당신 곁에서 팰롱팰롱하겠다.

덧붙이는 글

벗들의 글을 소개합니다

나는 퇴근길에 달리러 여의도공원에 가는 여자다

오늘 퇴근길에 여의도공원을 달렸다. 지난주에 이어 이번 주
도 꽃쌀 님의 초대를 받았다. 달리기 멘토, 느림보바 님과 함께
하는 달리기라 만반의 준비를 했다. 새로 장만한 러닝복을 가
방에 챙겨넣었다. 지난번처럼 중간에 멈춰 서지 않겠다는 간
절한 마음은 싫어하는 약까지 스스로 챙겨 먹게 했다. 좋아하
는 샘들과 함께하는 달리기가 두근두근 기대되어 하루 종일
콧노래를 불렀다. 7교시 수업이 끝나자마자 서둘러 컴퓨터를
끄고, 퇴근 준비를 시작했다. 칼퇴를 알리듯 큰 소리로 인사하
고 교무실을 나서려는데, 깜짝 놀란 샘들이 어디를 그리 서둘
러 가냐고 묻는다. 싱글벙글 웃는 얼굴로, 달리러 여의도공원
에 간다고 하니 모두들 부러워한다. 그렇다. 나는 평일 퇴근길
에 '달리러 여의도공원에 가는 여자'다.

　오늘은 초반에나 나올 법한 스피드(평균 7분 11초)로 무려
6.81킬로미터, 48분 32초나 달렸다. 달리기를 시작한 이후 나
의 최고 기록이다. 심지어 잠시 숨을 고르고 나서 달린 후반부

1.63킬로미터의 기록은 무려 6분 52초였다. 그 무렵 나의 달리기 실력은 초반에 무리해서 오버페이스를 하면 후반부는 거의 8분에 가까운 속도로 떨어지는 거북이 수준이었다. 달리는 내내 어찌나 숨이 차던지, 뒤따라 달리는 꽃쌀 님을 살짝 걱정시킬 정도였다. 페이스메이커로 앞서 달려주신 느림보바 님은 나의 속도를 7분 10초대로 잘못 알고 계셨다고. 며칠 전 글에 썼던 최고 페이스를 평균 페이스로 착각하셨다고 한다. 어쩐지 헐떡거리는 숨소리를 도저히 감출 수가 없더라니.

　느림보바 님의 뒤를 달리며 그의 달리기는 꼭 그 같다는 생각이 들었다. 평온하게 일정한 속도를 유지하며 앞장서서 달려준다. 빨라지지도 느려지지도 않게 7분 10초대를 유지하며 5킬로미터의 벽을 넘게 해준다. 한결같은 속도를 유지해주니 힘들어도 버틸 만했다. 그렇게 목표였던 5킬로미터가 채워지자, 우리에게 손을 흔들고 자유롭게 혼자 나아간다. 뒷심 강한 모습 그대로 쭉 속도를 올려서 앞으로 내달린다. 보기만 해도 멋지다. 멋진 뒷모습을 따라 계속 달리다 보니 나도 덩달이 최고 스피드를 갱신했다. 함께하는 초보 러너가 포기하지 않을 만큼 완급을 조절하고 배려하는 모습이 바로 그다. 달리는 모습이 사는 모습과 이토록 닮을 수 있을까? 나도 나처럼 달리고 싶은 날이었다.

나의 달리기 멘토 —달리기와 인생의 원동력이 재미라는 걸 알려주심— 인 두 분과 저녁을 먹다 그만 다소 엉뚱하고 무모한 나의 지름신이 들통나고 말았다. 그 무렵 나의 모든 관심은 러닝용품에 집중되어있었다. 화려한 디자인과 색감에 빠져서 매일 사고 싶은 것들이 늘어나고 있었다. 기왕 달리는 거 예쁘고 멋진 러닝용품을 입고 신고 싶었다. 문제는 나의 체형과 현재 달리기 실력을 전혀 고려하지 않은 채 과도하게 비싼 운동화와 용품에 집착했다는 것!!(N사의 운동화가 예쁘긴 예쁘다. 제발 발볼 넓은 러닝화 좀!!) 게다가 전문 마라토너에게나 필요한 고기능성 용품들을 들여다보고 있었다. 그런 내게 느림보바 님은 그건 101번 째 러닝화, 101번째 운동복이라며, 초보 생활러너에게는 아직 그 정도 레벨의 용품까지 필요하지 않음을 일깨워주시는 게 아닌가. 역시! 오늘 만나기를 잘했다.

내게 필요한 러닝용품들은 뜸을 들이며 살까 말까를 고심할 만큼 비싸지 않아도 된다는 것. 가격이 비싸 혹여 생길지도 모를 쇼핑 실패도 필요한 과정이라니. 20만 원이 훌쩍 넘는 러닝화를 앞에 두고는 신중한 선택이 필요하겠지만, 지금 내게 필요한 러닝화는 그 정도가 아니어도 충분하단다. 쇼핑 실패도 내게 꼭 맞는 선택을 위해 지불해야 하는 값이고 과정이라 생각하라니 한결 마음이 편안해진다. 좋아! 100번째까지는 어떤 것도 괜찮다. 앞으로는 마음 편하게 필요한 용품을 구매하기로.

어제 글에서 러닝화 구입에 대한 나의 변명이 길었다. 사실 그 이유는 엉뚱하고 무모한 지름신 때문이었다. 나는 '샌들의 마라토너, 로레나'에게도 필요하지 않던 러닝용품으로 동네 공원을 달리려 했다. 에베레스트 원정대에게나 필요할 풀 장비를 갖추고 청계산을 등산하려는 것처럼 말이다. 하지만 매일 러닝용품을 찾아 헤맸다는 건 달리기를 사랑하게 되었다는 의미이긴 하다. 조금 더 잘 달리고 싶고, 오래오래 달리며 살고 싶었던 마음이었다. 그런 내 마음에 꼭 맞는 쇼핑은 매일 달리는 생활러너에게 필요한 용품이다. 오늘은 적당한 가격의 바람막이 점퍼를 하나 사야겠다. 지금은 바람막이 점퍼가 필요한 계절이다!!

글 쓰는 엄마가 좀 있어 보여

글쓰기 시즌 1과 시즌 2는, 꽤 오랫동안 책임감에 억눌려 제대로 자라지 못한 내 안의 어린 나를 달래주는 글들로 채웠다. 두 번의 글쓰기는 내면의 아이를 치유하고 돌보는 시간이었다. 한바탕 마음속 이야기를 꺼내놓고 나니 후련해진 걸까? 조금 달라진 나를 보며 작은 아이가 말한다. "글 쓰고 있는 엄마가 좀 있어 보여." 거실 창가에 앉아 매일 글을 쓰는 엄마 모습이 이제는 그냥 엄마 같다고. 매일 글을 쓰며 스스로를 돌아보고 챙기는 모습이 멋지다고 말해주는 것만 같다.

글을 쓰며 가장 많이 달라진 점을 한마디로 말하라면 '자신감'이다. 생각보다 반짝거리는 아이디어가 많음에도, 생각보다 학생들과 잘 지내면서도, 생각보다 수업을 잘하면서도, 나는 늘 내가 참 부족한 사람이라 생각했다. 남들 앞에 서는 것이 어려웠고, 나를 낮춰서 말하는 화법에 익숙해져있었다. 어떤 일을 해보기도 전에 너무 오래 망설이고 걱정하느라 생각만 길게 하고 끝내 시작하지 못한 일도 참 많았다. 그냥 저지르면 되는 데 좀처럼 쉽지 않았다. 답답하게 막혔던, 주저하며 고민하던 이야기들이 글이 되곤 했다. 그런데 곰사람들은 늘 따뜻한

위로와 응원의 댓글로 화답해주는 게 아닌가. 그들의 칭찬에 흔들렸던 자신감을 회복했고, 위로와 응원이 나에게 '괜찮아, 경험!'이라 말해주는 것 같았다. 혼자 쓰는 글쓰기가 아니라, 릴리안 님의 말대로 "연대하여 함께 쓰는 100일 글쓰기"는 나에게 끊임없는 위로였고 응원이었다.

시즌 4까지 이어져 오는 100일 글쓰기는 쓸데없이 무겁게 지고 있었던 책임감에서 나를 자유롭게 해주었다. 드디어 내가 무엇을 좋아하는지, 무엇을 하고 싶은지 조금씩 알게 되었고 나는 내 마음속 주인공이 되기 시작했다. 재미있게, 즐겁게 집중할 수 있는 방법을 찾게 되었다. 그렇게 해도 괜찮다고 스스로에게 말한다. 그렇게 아들에게 '좀 있어 보이는' 엄마가 되었다.

시즌 4를 시작하며 달리기를 소재로 글을 쓰고 있다. 매일 달리기 위해 글을 쓴다. 글을 쓰기 위해 매일 달리고 있다. 달리고 싶은 마음이 생겨났고, 그 마음을 잘 유지하기 위해 달리기를 주제로 삼았다. 오늘도 달렸다. 누군가와 힘께 양재천을 걷다가도 혼자 달리기를 한다. 어느새 달리는 거리도 시간도 제법 길어졌다. 점점 달리기에 익숙한 몸이 되어가고 있다. 평균 페이스 7분 13초, 30분 44초 동안 4.26킬로미터, 총 누적

150.3킬로미터. 세상에 드디어 150킬로미터를 달성했다. 오늘의 달리기를 기록하며, 왜 이토록 달리고 싶은지 곰곰이 생각한다.

글을 쓰며 내게 일어난 변화는 '곰곰이 생각하기'다. 곰곰이 생각하다 보면 자세히 들여다보게 되고 귀 기울여 듣게 된다. 곰곰 생각하다 일어난 마음은 새로운 일에 도전하는 힘이 된다. 그동안 생각만 하던 일들에 하나씩 도전하고 있다. 매일 달리고, 글을 쓰다 보니 허벅지, 종아리 근육만큼 마음의 근육도 단단해졌다. 이런 멋진 변화를 만들어준 곰사람 글쓰기 만세! 달리기 만만세!

꽃쌀

100일 동안 글을 쓰는 이유

또다시 매일 서너 시간을 노트북 앞에 앉아있게 됐다. 그래도 어떤 날은 다 못 쓴다. 늘 '내가 미쳤구나!' 생각한다. 100일을 버틸 글감을 좀 마련해놓고 나서 '시즌 4'를 하자고 말할 것이지…. 시즌 1 때와 뭐가 다르나. 글감이 없는 것도 똑같고 노트북 앞에 몇 시간씩 앉아있는 것도 똑같고, 심지어 써내는 글 수준도 똑같다. 성장과 성숙? 아, 정말 웃기시는구나.

하지만 이 말들은 후회라기보다 행복한 푸념 같은 거다. 시즌 1 때의 기대와는 달리, 시즌 4의 100일이 더 지난다고 해서 '성장-성숙 자매'가 반드시 찾아오는 게 아니라는 걸 이제는 안다. 따라서 이번 100일을 통해 성장이든 성숙이든 뭔가를 얻겠다는 다짐은 하지 않는다. 그냥 쓴다. 곰사람 님들의 글을 읽고, 나도 글을 써서 보여주는 이 자체가 좋다.

나는 이 기간만큼은 매일 글을 쓰는 사람이다.

내게는 100일 글쓰기의 결과이기도 한 달리기를 시작하면서 '나는 달리는 여자다!'라고 내게 이름을 붙이는 것이 스스로의 이미지를 바꾼다는 걸 깨달았다. 나는 약골도 아니고 운동 젬병도 아니며 나이 먹으면서 힘이 약해져가는 여자도 아니었다. 나이로 인한 몸의 변화를 느끼면서도 꾸준히 운동을 하고 몸을 쓰는 재미를 아는 건강하고 활기찬 여자다.

글쓰기도 마찬가지. '나는 매일 글을 쓰는 여자' 또는 '나는 오늘 글을 써야 하는 이유가 있는 사람'이라는 사실 자체가 내 삶을 알차게 채우고 있다는 느낌을 준다. 나는 일상을 관찰하고 느끼고 생각하며 작은 의미라도 찾아내고자 노력하는 사람이다. 내 마음이 무엇을 말하려고 하는지를 듣기 위해 귀를 여는 사람이다. 호오~ 멋지지 않은가.

여의도 달리기

느림보바 님, 얼룩말 님과 함께 달리기로 한 날, 달리기 장소인 여의도공원으로 향한다.

걱정이 앞선다. 5킬로미터를 잘 달릴 수 있을까?

최근 얼마 동안 달리기가 너무 힘들었다. 이틀 전에는 1.5킬로미터 만에 멈춰 섰다. 어제의 달리기는 2.5킬로미터를 겨우 채웠다. 5월, 6월, 매일의 폭풍 달리기로 5킬로미터 정도는 힘들지 않게 달릴 수 있다며 기뻐했던 내가 어쩌다 이렇게 되었단 말인가? 무릎과 허리 통증이 순서대로 오는 바람에, 게다가 장마, 코로나 확산세까지 더해 한 달이 넘도록 운동을 하지 못했다. 9월부터 다시 달리기를 시작했지만 전처럼 매일 달리지는 않다 보니 체력이 전과 같지 않음을 확연히 느꼈다. 5킬로미터는커녕 3킬로미터도 힘들고, 속도도 매우 처졌다. 그렇다고 다시 매일 달리기로 무리하지 않는 이유는 남은 평생을 달리고 싶어서이다. 좋은 기록이 아니어도 좋으니 다치지 않고, 아주 늙어서까지 오래도록 달리자는 생각이다. 그럼에도 오늘만큼은 함께 달리는 이들과 보조를 맞출 정도로는 달릴 힘이 있었으면 하는 바람이 있다.

여의도공원 근처에서 만난 느림보바 님과 얼룩말 님. 언제나 반갑고 정겹다. 오늘의 주제는 운동 패션이었는지 이런저런 정보를 얻었는데 꽤 재미있다. 느림보바 님은 나를 이 세계로 이끈 선배 '달리는 여자'답게 당차고 맵시 나는 옷차림이다. 게다가 노란색 윈드스토퍼(옷 이름이 "바람아! 멈추어라!"이다)가 어쩜 그리 잘 어울리시는지. 얼룩말 님은 '달리는 여자' 신규 회원답게 깔끔한 러닝복을 새로 장만하셨다. 몸에 살짝 밀

착하는 최신 유행 스포츠웨어가 세련되어 보인다. 부끄럽다며 어색해하는 얼룩말 님에게 아무도 안 쳐다본다고 타박했지만, 예쁘니까 걱정 말고 편히 입으셨으면 한다.

드디어 달리기 시작. 맨 앞에 느림보바 님, 그 뒤에 얼룩말 님, 맨 뒤에 나. 한적한 여의도공원을 달리기 시작하는데 약간 긴장된다. 두 바퀴를 돌면 대략 5킬로미터가 된다. 어떻게 페이스를 조절해야 두 바퀴를 채울까? 그렇게 한 바퀴… 여기까진 괜찮다. 두 바퀴 시작… 요즘 체력으로는 여기부터가 걱정인데… 싶지만 계속 달린다. 흠, 아직 괜찮네? 두 바퀴를 마무리할 때 비로소 안심이 됐다. 생각보다 괜찮다. 뭐지? 어제, 그제는 그렇게 힘들더니! 오늘의 달리기는 무사히 성공했구나.

그런데 달리기 대장인 느림보바 님이 멈추지 않고 더 달린다. '조금 더 가려나 보다(그래야 한다…). 나도 오늘은 컨디션이 괜찮으니 어디까지 버틸 수 있는지 좀 볼까?' 초보 입문자인 얼룩말 님을 출발 지점에 두고 나도 계속 달렸다. 느림보바 님의 속도가 조금 빨라진 듯한데 그렇다면 나도 뒤따라 속도를 올려 달려보기로 한다. (힘들다, 헉헉~) 코너를 도니 이번엔 앞에서 얼룩말 님이 나타나 달린다. 앗! 이 달리는 여자들이 정말!!!!!! 할 수 없이 나도 계속 달린다.

느림보바 님은 적토마인 양 저 앞으로 달려 나갔고, 나는 얼룩말 님과 뒤에서 평화롭게 달린다. 그리고 결국 세 바퀴를 다 뛰었다. 총 7.5킬로미터, 시간은 55분 정도, 그동안 내가 달릴 수 있었던 시간을 훨씬 넘겼다. 나이키 러닝 어플에 최장시간 스티커가 찬란하게 번쩍이는 것을 발견! 새로운 기록 탄생…! 여의도는 내게 새 기록을 여는 그런 곳이었다!! 다행히 생각보다 힘들지는 않다. 이 정도면 좀 더 달려도 괜찮겠다.

오랜만에 길게 달려보니 알겠다. 나는 보통 2~3킬로미터가 넘어가면 숨이 차고 다리가 무거워지는데, 이때 페이스를 줄이면서 버티면 그다음이 편해진다. 전에 이틀은 그 힘든 2~3 킬로미터 구간에서 그냥 멈췄다. 또 하나는 자꾸 체력이 떨어졌다고 생각했기 때문에 달리는 기세가 붙지 않았던 것 같다. 5킬로미터를 반드시 달려야 한다고 생각하자 모든 구간 동안 페이스를 조절하면서 버텼던 것이다. 그랬었구나! 오늘을 계기로 다시 도전하는 마음으로 달리기를 할 수 있을 것 같다. 새로운 기록과 함께 자신감을 얻어가는 뿌듯한 날이다!

두 명의 기록을 갱신시켜 주고도 담담하게 마무리 스트레칭을 하시는 느림보바 님. 역시 우리들의 달리기 대장님이시다.

얼룩말 님은 달리기 천재인가. 여의도공원 세 바퀴는 일 년 달린 나도 처음인데 이 분은 불과 석 달 만에 완주했다. 놀라울 따름. 혹시 풀장착한 새 러닝복 때문은 아닐까? (이렇게 러닝복 구매의 핑계를 마련해본다.)

함께 달리기의 가장 즐거운 일은 역시 맛있는 저녁을 함께 먹는 것이다. 감사하게도 얼룩말 님이 휴직한 우리를 위해 일용할 양식을 계속 책임지신다. 얼룩말 님이 휴직을 하시는 그때, 나도 꼭 사드리겠다고 다짐해본다. 즐거운 대화를 이어간다. 각자의 일상, 달리기와 스포츠용품 같은 소소한 이야기로 웃지만 직접 말하지 않는 서로에 대한 신뢰와 애정이 느껴지는 시간이다. 얼마나 고마운 인연인지! 우리는 함께 달리고 마음을 나누는 '달리는 여자들'이다. 이 특별한 즐거움과 고마움을 잘 알고 잘 느끼고 있는 내가 다 기특하다.

우리는 또 다음의 달릴 약속을 잡았다. 그날까지 체력 관리! 달리기!!

시즌 4를 시작하며 생각한 것들

때는 9월 17일 목요일 꽃쌀 님에게서 연락이 왔다. "잘 지내시나요. 100일 글쓰기 시작합시다." 0.1초의 망설임도 없이 "무조건 찬성입니다"라고 메시지를 보내고 글쓰기 카페에 들어가 공지에 기록된 시즌 4의 일정을 확인했다. 다시 함께함에 반가우면서도, 마음 한쪽에는 당장 다음 주부터 글을 내놓아야 한다는 걱정 또한 밀려왔다. 아는 고통이 더 무섭다고, 좋으면서도 100일 동안 또 쓸 글이 있을까 두려워지기 시작했다.

이제 와 생각해보니 꽃쌀 님의 첫 번째 100일 글쓰기를 함께하자는 연락에 나는 어떻게 덥석 겁도 없이 "네, 알겠습니다"라고 말할 수 있었을까 싶다. "같이 100일 동안 축구 할래요?" "같이 마라톤 연습해볼래요?" "우리 피아노 동호회 만들어볼까요?"라는 제안에도 "네, 좋아요!!"라고 할 수 있었을까? 무언가를 혼자 배우고 즐기는 일보다 다른 사람과 모임을 만들어 함께하는 것이 훨씬 더 용기가 필요한 일이다. 그런데도 무려 100일 동안 함께 글쓰기에 "좋아요"라고 말할 수 있었던 이유는 무얼까? 아마도 잘 쓰진 못해도 뭐라도 쓰려고 하면 쓸 수 있을 것이라는 약간의 자신감 그리고 함께하는 분들을 향한 믿음이 있었기 때문일 것이다. 거기에 매일 쓰면 잘 쓰게 된다는 풍문을 기억하며 쓰다 보면 엄청난 문필가가 되어있지 않겠냐는 기대도 조금은 있었을 것이다.

그렇게 엉겁결에 시작한 100일 글쓰기는 시즌 3까지 이어졌다. 시즌 3이 한창 진행되고 있을 무렵 코로나 때문에 오랜 시간 만나지 못했던 친구들이 만나자고 연락이 왔다. 그들은 회사생활과 육아로 바쁜 하루하루를 보내고 있음에도 "너무 우울하다"고 했다. 사람을 만나지 못하고, 마음대로 밖에 나갈 수 없는 상황이 계속되어 힘들다는 이야기가 메시지 창에 한참 이어졌다. 그러면서 얼굴 보고 이 우울함을 떨쳐보자 했다. 그렇게 약속했는데, 코로나 집단감염이 다시 시작되어 우리는 결국 만나지 못했다. 친구들과 온라인으로 얼굴 볼 약속을 정하며 '코로나로 인한 우울함'을 이야기하던 중 문득 '나는 별로 외롭지 않은데…. 왜 그럴까?'라는 생각이 들었다.

한동안 그 생각이 머릿속을 떠나지 않았다. 곰곰이 일상을 되짚어보니 나도 그들과 별반 다르지 않게 코로나로 바뀐 일상을 견뎌내고 있었다. 두 아이가 학교에 가지 않는다. 나는 육아휴직 중이다. 자연스럽게 24시간 아이들과 함께 있다. 온전한 내 시간이 없다. 밖으로 나가는 것조차 조심스럽다. 당연하게도 약속은 취소되고, 이것저것 배우고 싶어서 신청해놓은 수업은 무기한 연기되었다. 친구들이 답답해하고 우울한 그 지점에 나도 있었다.

그런데도 답답하다거나 대화를 나눌 친구가 없어서 힘들다는 생각은 별로 하지 않았다. 같은 지점에 있음에도 내 마음에 우울함과 외로움이 생각보다 깊지 않은 이유를 짚어보다가 발견했다. 친구들과 단 하나 다른 점! 나는 곰사람 님들과 글쓰기를 하고 있었다. 글쓰기 소재를 찾기 위해 책이라도 읽으려 노력했다. 매일 같은 일상이지만 조금이라도 다른 점을 찾으려 세심히 살피고 내 마음을 들여다보았다. 그리고 함께하는 곰사람 님들과 바뀐 일상을, 살아가는 모습을, 그에 관한 생각을 깊이 공유했다.

얼굴을 보고 대화를 나누거나, 카카오톡, 전화, SNS 등을 통해 소통하는 것과 100일 글쓰기는 결이 조금 다르다. 오프라인 만남이나 대화창은 마치 탁구처럼 대화와 감정, 정보를 여러 사람이 주고받는다. 탁구처럼 주고받는 이야기는 강물이 흘러가듯 차차로 흘러간다. 반면 페이스북이나 인스타그램 같은 SNS에는 일상, 감정을 공유하기 위해 내가 일방적으로 글을 쓰고 피드백을 주고받는 곳이라는 면에서 100일 글쓰기와 비슷해보인다. 사람들의 일상과 감정을 짧게 공유하고, 정보를 습득할 수 있고 기록이 그대로 남아있다는 점에서 그러하다. 나의 일상과 생각을 그렇게라도 조금씩 기록하고 자주 만나지 못하는 지인들의 소식을 접하는 것도 좋았다. 그러나 작은 휴대폰으로 체계적인 이야기를 담기란 쉽지 않았다. 그러다 보니 사진 그리고 사진에 관련된 일상을 저축하는 정도의 의미만 있었다. 강제성이 없고, 깊이 없는 내용과 그에 따르는 피드백, 불특정 다수에게 부족한 나의 무언가를 보여주기는 불편하다는 점 등이 모여 SNS는 어느 순간 거의 사용하지 않게 되었다.

그에 비해 연대하여 함께 하는 100일 글쓰기는 마치 동네 축구모임 같았다. 아무리 즐거워서 하는 축구라도 혼자서 달리고 공만 찬다면 쉽게 지칠 것이다. 동네 축구는 축구를 좋아하는 사람들이 모여 훈련하고 골을 향해 공을 공유한다. 한 사람이 공을 차고 있으면 그 사람의 감정과 정보를 읽고 피드백을 한다. 곰사람 글쓰기도 같은 편이 되어 글을 쓰는 사람들이 있었기에 계속할 힘을 얻을 수 있었다. 서로가 안다. 프로는 아니지만 좋아하는 일을 최선을 다해 하고 있다는 것을. 그러므로 감정과 정보를 꼼꼼하게 읽고 최선을 다해 피드백을 하게 된다.

재미있어서 하는 동네 축구라도 정해진 시간과 규칙이 없이 뛴다면 쉽게 지칠 것이다. 그렇다. 즐거운 일이라도 끝도 없이 계속 쓰라고 했으면 하지 못했을 것이다. 그러나 우리의 글쓰기도 100일이라는 목표, 적절한 훈련을 위해 정해진 글자 수가 있었다. 더하여 함께하는 사람들과의 약속이 있었기에, 하루쯤 게을리하고 싶은 날도 컴퓨터 앞에 앉아서 키보드를 두드렸다. 그런 하루하루가 쌓여서 100일에 이르게 되면, 엄청난 성취감이 밀려온다.

시작은 사사로웠고, 과정은 따뜻한 치열함으로 가득했던 100일은 엄청난 글쓰기 내공을 만들어주었을까? 안타깝게도 '그렇지는 않았다'. 그런데 생각지도 못한 효과를 얻었다. 그날그날 떠오르는 소재로 글을 쓰기 시작할 때면 보통 답까지는 정하지 못하고 쓰게 된다. 그러고 보니 이선에 SNS에 쓴 소소한 글도 기승 또는 기승전만으로 이루어져 있었다. 글을 쓸 때 어떤 생각을 하고 있었기에 이 소재가 떠올랐는지 들여다보는 작업은 벽을 두드려야 하고 넘어야 하는 조금의 고통을 수반

한다. 혼자서 쓰는 글은 자연스럽게 이런 품이 덜 드는 작업을 선택하게 된다. 함께하는 글쓰기를 통해서 어설프게나마 기승전결을 맺기 시작했다. 글을 읽어주는 이들에게 내가 선택한 소재로 만들어진 글을 이해시키기 위해, 완성도 있는 한 편을 보여주기 위해 노력한다. 그렇게 작성된 글 속에서 나는 나를 발견했다. 깊은 곳에 숨어있던 심지를 찾으니, 묘하게도 나란 사람에 대한 애정이 깊어졌다. 또한, 함께하는 사람들의 따뜻한 댓글은 자신감마저 차오르게 만들어주었다. 그런 하루하루가 나의 마음을 살아있게 했다. 그러니 시즌 4를 시작한다는 연락이 반가울 수밖에.